亦庄控股
YIZHUANG HOLDINGS
党员责任区
万众一心 坚
科学防控 战

谨以此书向抗疫中的亦庄控股人致敬

# 亦庄控股 最美逆行者

中共北京亦庄投资控股有限公司委员会　编著

# 萤火汇星辰

萤火虽微，但为其芒

北京亦庄投资控股有限公司战疫纪实

中国工人出版社

**图书在版编目（CIP）数据**

萤火汇星辰——北京亦庄投资控股有限公司战疫纪实 / 中共北京亦庄投资控股有限公司委员会编著. —北京：中国工人出版社，2020.11
ISBN 978-7-5008-7564-2

Ⅰ. ①萤…　Ⅱ. ①中…　Ⅲ. ①纪实文学—作品集—中国—当代　Ⅳ. ①I25

中国版本图书馆CIP数据核字（2020）第238055号

萤火汇星辰——北京亦庄投资控股有限公司战疫纪实

| | |
|---|---|
| **出 版 人** | 王娇萍 |
| **责任编辑** | 刘　药 |
| **责任印制** | 栾征宇 |
| **出版发行** | 中国工人出版社 |
| **地　　址** | 北京市东城区鼓楼外大街45号　邮编：100120 |
| **网　　址** | http://www.wp-china.com |
| **电　　话** | （010）62005043（总编室）<br>（010）62005039（印制管理中心） |
| **发行热线** | （010）62005996　82029051 |
| **经　　销** | 各地书店 |
| **印　　刷** | 北京美图印务有限公司 |
| **开　　本** | 710毫米×1000毫米　1/16 |
| **印　　张** | 17.25 |
| **字　　数** | 120千字 |
| **版　　次** | 2020年12月第1版　2020年12月第1次印刷 |
| **定　　价** | 88.00元 |

# 编委会

# 编写组

**主　编**　韩洪英

**副主编**　赵延标　蒋希云　孙　博　赵　福　程明亮　谢瑞征

**成　员**（按姓氏笔画排序）　池嘉彤　陈　思　陈　雷　张小燕　张延图　张秩铭　张跃严　宋　璐　李文君　李嘉欣　杨黎明　赵雅秋　高　飒　贾晨曦　蒋超然　温重阳

**图片顾问**　潘清泉　尚　晨　刘　琬　周艳军　封　飚　顾冬琦　赵长帅

扫一扫

关注更多亦庄控股资讯

# 前言

《萤火汇星辰——北京亦庄投资控股有限公司战疫纪实》这本汇集了亦庄控股人发乎心、止乎情的战疫故事，描绘了亦庄控股集团抗击新冠肺炎疫情以来的点点滴滴。万千感慨涌上心头，一时之间使我又回到疫情突发的那些日日夜夜。在处理完紧张的工作后，我站在窗边仰望星空，感叹人类已经处在探索宇宙的时代，却仍要与未知的病毒苦苦缠斗，全世界的科学家贡献智慧，力图与自然界达成和谐共存的关系。生命的脆弱与坚强，都在这个过程中展露无遗。

史书中曾多次记载瘟疫肆虐，那种“白骨露于野，千里无鸡鸣”的景象令人断肠。在人际交流如此密集的今天，疫情防控的成效，关乎人类的命运，是我们为这个时代必须交出的满分答卷。

“武汉封城”这个史无前例的举措，对一个产业新城运营商带来的冲击和挑战无疑是具有极特殊意义的。在恐慌蔓延情绪行为背后，我们仍然能够看到理性的声音始终在构筑坚定的信念，同时，我们也意识到这并不单是一场医疗界寻找“解药”工具的行为，这应当是一场如何运用好社会治理手段在多业态平台上进行的守护生命的战疫。

关键时刻，习近平总书记关于“这是一场疫情防控的人民战争”为我们指明了方向。北京市委书记蔡奇“让党旗在防控疫情斗争第一线高高飘扬”让我们有了“主心骨”。

亦庄控股在第一时间成立了“一办六组”，派驻党员干部下沉一线指挥作战，我们的“亦控八条”“精细防疫五步法”“楼长制”“亦城八法”等举措稳定了军心，找到了防控办法。我们与园区企业同频共振，让彼此更深地理解了“风月同天”“与子同裳”。更重要的是，我们最可敬的职工群众放弃了休假，“逆行”在防疫岗位上，他们或在冰雪中握拳挺立，或在电脑前鏖战至深夜。没有硝烟的战场，看不见的是对手，看得见的是坚守。

这里与十七年前抗击“非典”时一样，我们取得了防疫、复工的双胜利，这次“零感染”“零疑似”的阶段成果来之不易。事实证明中国共产党领导下的中华民族在大灾大疫面前，显示出卓有成效的国家治理体系和治理能力，为全球抗疫提供了样板和经验。

慨之从前，惜之当下，叹之未来，在承担好产业新城运营商的主体责任背后，正是无数亦庄控股的干部职工倾力付出，他们如这满天繁星一般坚守着自身的信仰、初心，品味疫情带来的苦涩之余，我们应当更加珍惜身边的美好。因此我们决定通过这本书，保存这份记忆和记忆中的人，愿萤火汇聚而成星辰的光芒，为所有的前行者和后来者们，照亮前方的路。

**北京亦庄投资控股有限公司党委书记、董事长**

**2020年10月**

# 目录

## 第一篇
### 吹响集结号



## 第二篇
### 战在“疫”线

# 第一篇

# 吹响集结号

当钟南山院士“肯定‘人传人’”一句凝重的判断从电视里传到千家万户时，中国人庆祝农历庚子新年的欢乐气氛便戛然而止。武汉“封城”这种史无前例的举措，更使奔波在春运路上的人们感受到沉重的压力。对未知病毒的恐惧加剧了人们的担忧……

“一场疫情防控的人民战争”正式打响。

经开区作为北京建设全国科技创新中心“三城一区”的主平台之一，疫情防控时间紧迫、形势严峻。危险无处不在。亦庄控股干部群众迅速停止休假，前方党员干部下沉一线指挥作战，临时党组织、党员责任区、党员突击队在最危险的地方屹立；后方，防疫物资供应、大数据平台打造、防疫隔离点建立、宣传动员等保障工作准备就绪。

尚晨 / 摄

# 领导班子下沉一线

## 靠前指挥，落实疫情防控工作

集团党委书记、董事长白文赴 GE 园区检查疫情防控工作

集团总经理杨文良调研集中隔离点改造情况

集团党委副书记韩洪英带队赴北京经开北工大软件园检查疫情防控工作

集团副总经理孙德锐带队检查开拓热力防疫工作

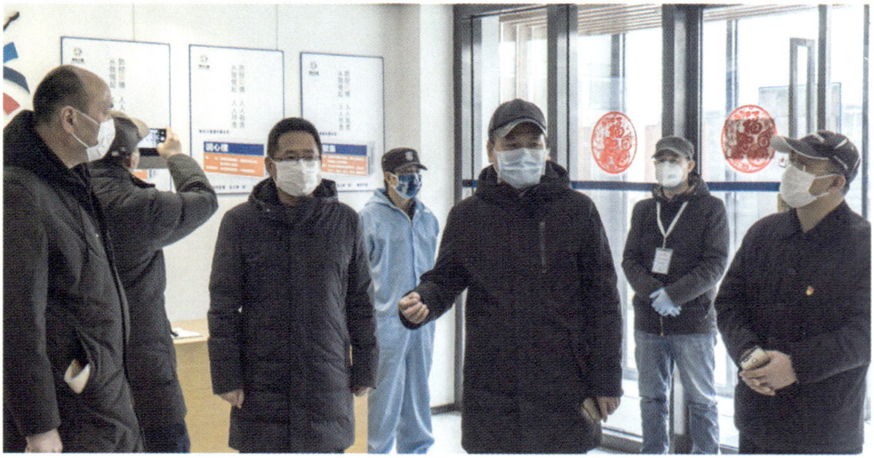

集团纪委书记王佃宝赴青年公寓监督检查疫情防控专项工作

集团副总经理芦永忠赴博大建设所管辖的工地检查疫情防控工作

集团副总经理郭广庆赴北京亦庄生物医药园检查疫情防控工作

集团副总经理卢自锋赴亦城时代广场检查疫情防控工作

# 重任在肩　逆风前行

坚定信心 科学防控 战胜疫情
同舟共济 科学防治 精准施策
北京经开·芯中心

# 战疫打响

当新冠病毒如幽灵般降临到武汉华南海鲜市场，开始以一种令人猝不及防的方式入侵人类社会。一时间，“九省通衢”的武汉迅速成为病毒扩散的中心。恰逢“春运”大迁徙，数亿人口的集中流动更是为病毒的大面积扩散提供了肆虐的土壤。短短一个月，武汉“封城”！湖北危机、长三角危机……看不见的危机，如同驱不散的阴霾笼罩在神州大地！

倾巢之下，安有完卵！**面对看不见的敌人，唯有将双拳舞得风雨不透**。在党的坚强领导下，全国人民开始了无畏的抗疫武汉保卫战、湖北保卫战、全国阻击战！

1 月 25 日，农历正月初一，习近平总书记提出了“**坚定信心、同舟共济、科学防治、精准施策**”的要求，指出把疫情防控工作作为当前最重要的工作来抓。

北京市委书记蔡奇在检查疫情防控工作时强调：**没有比守护市民群众健康安全更重要的事**。

亦庄控股第一时间召开疫情防控部署会议，确保经开区企业和百姓安全

## | 亦庄控股，吹响战疫集结号 |

“非常时期，非常对待！各部门、各单位一定要提高站位、服从大局，更要以身作则、敢于担当。同时，也要注意做好自身和家人的防护工作，确保安全！” 1 月 23 日，就在春节放假前一天，亦庄控股召开紧急部署会议，党委书记、董事长白文第一时间吹响亦庄控股战疫集结号，对疫情防控工作作出进一步部署。

一系列防控举措迅速开展。

集团领导第一时间下沉一线、靠前指挥，一边抓疫情防控，一边抓物资供应，身处基层，与一线人员共同作战。

“请各园区统计上报园区企业全部人员春节期间离返京时间以及地点，建立管理监控台账。”

“各部门、各单位，请于每日中午 12 ： 00 前反馈来京人员情况，有无都需要反馈。”

“南海子湿地公园（集团旗下南投公司负责管理运营）即日起暂停对外开放。”

疫情袭来，不流动就是防扩散。

……

1 月 23 日，集团根据北京市、经开区要求立即对所辖园区开展全面统计排查。

1 月 24 日，集团紧急疫情信息工作平台建立，并首次启动日报告工作机制，每日对公司职工出入京情况进行摸底排查。

1 月 25 日，集团成立疫情防控领导专班，统一领导和组织集团疫情防控工作。

……

**亦控战疫，骤然打响！**

## | 党建引领，系统作战 |

作为一个“大家庭”，亦庄控股旗下全资、控股、参股、代管企业 42 家，共计 3400 多名员工，服务保障经开区企业各类人才居住 7 万余人。打好亦控防疫阻击战，保障自家员工和服务保障对象近 8 万人的生命健康，必须要有强大的后方支持。

集团党委充分发挥党建引领作用，1 月 31 日，疫情防控专班升级为指挥部，党委与经营管理层形成联合决策机制，党委书记、董事长白文，总经理杨文良担任总指挥，下设负责综合协调、组织宣传、园区防控、城市运行、安全建设、经济发展和监督检查工作的“一办六组”，在集团党委的坚强领导下，带领全体员工决战疫情防控阻击战。

综合协调办公室：“现办公室全员紧急动员加入集团防疫工作。要求身体健康，随叫随到！”

"报名！"

"可以保证随叫随到！"

"坚守岗位的同事辛苦啦！明天你们休息，我们顶上！"

号令一出，全员一心。在办公室的统筹协调下，总部 15 个部门、21 家子公司层层落实责任，按照各自工作特点，制定疫情工作方案，启动日报告工作机制，组织落实各项防控工作措施。

组织宣传组："各党组织，紧急抽调干部到战疫一线去，配合经开区开展防疫工作，请各党组织于今天下午 4 点前将后备队名单反馈给我，要保证从下周一开始可以参与经开区防疫工作。"组织宣传组第一时间踩下春节活动的急刹，筹建疫情防控后备队，抽调干部下沉一线，逆行而上。宣传干部冲在一线，深入宣传党员干部奋战一线的先进事迹，为抗击疫情凝聚能量、提振精神、注入暖色调。

园区防控组："联系不上就持续不断地联系，要把疫情的严峻形势告诉企业，有难度的我来联系！"大年初三，园区防控组在京同事已全部到岗，24 小时轮班"把守"园区防疫关卡，对园区项目进行网格化、地毯式排查，联系统计全部所辖区域企业，摸清底数，做到"企业无遗漏、人员全排查"。

城市运行组："疫情当前，消杀用品成为必需品，加之采购的不易，各单位都会储备存量，在使用和存储期间，保证安全成了重点。"

城市运行组主动发现新问题，及时将防疫用品的储存和使用纳入安全管理，做好安全知识培训，针对消毒剂的使用管理规定建立长效管理机制，确保不留死角。

安全建设组：“共产党员必须冲在前面！”铿锵有力的号召得到了安全建设组全体党员的热情响应，按照统一指挥、各司其职、密切配合的原则，安全建设组设立了工地排查、信息上报、医疗保障三个工作小组，确保集团建设工地疫情期间“零感染”，部门一线检查人员迎着暴雪，在天寒地冻中开展工作，督导服务工地现场；部门 9 名下沉干部历时 170 余日奋战在防疫一线，他们召之即来、勇挑重担、逆流而上、毫无怨言。

监督检查组：“马上参加纪委疫情防控督查工作！”除夕当天，集团监督检查人就完成了线上集结，第一时间及时成立监督工作领导小组，下设 7 个监督检查组，对集团的重点区域、重大项目实行分片包干全覆盖监督。

一道道“军令”从集团疫情防控指挥部发送到各条战线，“风月同天”；一声声承诺从后方传递到战疫前线，“众志成城”；一箱箱战略物资源源不断地输送到前方，“与子同裳”。没有硝烟的战场，看不见的是对手，看得见的是坚守。

**亦控战疫，战鼓擂响，势在必胜。**

# 保卫北京！保卫经开区！

2020 年 1 月 24 日，北京启动重大突发公共卫生事件一级响应。这座拥有 2151 万人口的超大城市，此刻已经进入高度警惕的状态。

十七年前的“非典”疫情让北京这座城市那样地疼痛过，不必太用力，疼痛的记忆被瞬间唤醒。经验和教训仿佛还在眼前，今天的北京已经没有再沦陷的理由。

亦庄是一座城，北京乃至全国高精尖产业的一块金字招牌，几十万人在这里工作生活，近 3 万家市场主体在这里创新创业。新年伊始，疫情袭来，蔓延扩张之势，令经开区的防控压力陡然升级。

## | 拉响警报 |

亦庄控股作为拥有园区、楼宇、公寓、定制厂房等 48 个产业促进平台，既承担着经开区所属产业区、商务区和生活区的城市功能运营保障任务，又承载着区内近 4000 家科技创新企业的产业促进任务。

2月11日，党委书记、董事长白文前往马驹桥制造基地进行防疫检查、敦促复工复产

2月22日，总经理杨文良调研集中隔离点改造情况

危急时刻，在经开区工委、管委会的领导下，亦庄控股与平台企业不分彼此、温暖与共，结成命运共同体，共谋一盘棋，打赢总体战。

在经开区疫情防控工作中，工委是“指挥员”，管委会是“实施员”，亦庄控股是“战斗员”。“三员”合一，统一领导，统筹调度，一体作战，战疫胜在整体性。

**“守护好225平方公里亦庄新城的产业人才及社区百姓的安全，责任重如山。”**亦庄控股党委书记、董事长白文语气坚定地说。

**“他们有呼，我们必应，要的就是迅速构建起‘三位一体’的战时疫情防控机制。”**亦庄控股总经理杨文良表示。

1 月 23 日，亦庄控股疫情防控行动方案出台后，细化工作随即跟上，园区防疫组创新提出精细防疫“五步法”，经济发展组起草防控疫情稳增长 8 条措施，城市保障组制定亦庄新城城市运行保障应急预案……

10 天之内，这一系列“硬核”举措，相继以指挥部名义发布。

亦庄控股全员进入战时状态，热力、置业和建设 3 支应急抢险队 24 小时排班值守。基层党组织号召应战，抢险队的党员在大年初一纷纷向党支部递交了请战书。

经开区工委组织部发出抽调人员通知，亦庄控股积极响应，先后抽调 238 人参与经开区内园区、工地、社区、楼宇等重点区域的疫情防控工作。

2 月 2 日，园区企业国际药品参比制剂服务中心接到委托，武汉疫区急需一款进口药进行临床试验。公司马上向经开区管委会寻求帮助，一场时间争夺战由此开始。

## | 提速！再提速！！ |

进口药品审批、海关通关、长途运输……

每一步都要提速，再提速！

营销商合作局随即协调城市运行局特事特办，为两辆药品专用冷藏车办理紧急运输通行证，为司机和押送人员筹集防护服、防护面罩和护目镜，为随车人员准备返京后的隔离点。

亦庄控股生物医药园开辟运输绿色通道，连夜加班，为药物赋码、贴签和再包装，确保试验药品全程动态管理。

在北京市药监局、北京海关、经开区和亦庄控股旗下的物流中心多方协作下，这批临床试验药品从境外送到武汉金银潭医院，仅用时 4 天。

亦庄新城内，同心协力抗击疫情的故事，每天都在发生着。

2 月 8 日晚，集团接到商务金融局电话，要求派人速到联合康利公司领取 6 万只口罩。

“经开区的事，就是我们的事。”集团迅即安排旗下博大世通公司 5 名党员出发，3 小时后，口罩运输、清点、整理及入库的任务高效完成。

2 月 13 日中午一点多，开拓热力荣慧分公司接报，公寓楼热力管线泄漏。抢险队员紧急出动奔赴现场，下挖一米半后，在寒冷刺骨的泥水里找管线漏点，用钢箍覆盖，拧紧螺丝。两个小时后，紧急处理完毕，抢险队员却成了泥人。

开拓热力的抢险队员不顾满身的泥泞，进行管道抢险

## | 五指攥成拳 |

在近 4000 家平台企业眼中，亦庄控股就是优质服务的代表，平时双方互促共赢，进入战时状态更是不分彼此，战疫胜在协同性。

2 月中旬，亦城时代广场有 3 家企业即将复工生产急缺口罩、体温计、酒精等防护用品。集团得知后，立即安排旗下盛元公司紧急协调，10 小时内连续不断给几十家供应商打电话，最终筹集到 2000 只口罩、205 桶消毒液、125 桶酒精等防疫物资，帮助平台企业顺利复工复产。

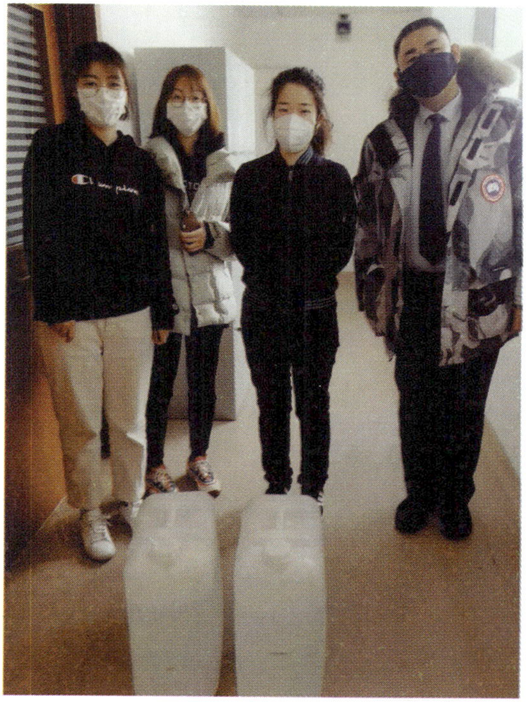

集团为平台企业紧急筹集消毒液，帮助企业复工复产

亦庄控股感同身受，急人所急的举动，感动了平台企业，企业纷纷“反哺”，力所能及地给“自家人”打气助威。

康铂创想科技公司拿到智能红外额温度计

生产批复，在加速生产都难以满足市场需求的情况下，仍然从第一批的 1000 个产品中拿出 150 个支持集团防控疫情；

北京福瑞山水科技公司对亦庄置业的服务充满感激，为北工大软件园送去一大箱口罩和酒精消毒棉；

生物医药园免费为平台企业提供 100 公斤的 84 消毒液，北京晟晖投资管理公司和兴业银行回赠近万只口罩……

疫情共抗、资源共享。

亦庄控股与经开区工委、管委会以及平台企业三方联动，打造疫情防控的“一盘棋”。

**疫情就是集结号，更是战斗的冲锋号。**

党建引领，各方参战，全城上下众志成城。保卫北京、保卫经开区的战疫力量不断集结，形成共克时艰的磅礴力量。

# 党旗在一线飘扬！

2月2日，第十三天，累计确诊14380例，现有疑似19544例，累计治愈328例，累计死亡304例。

**“支部建在疫情防控第一线！”**

**防控疫情，刻不容缓。**

亦庄控股集团认真贯彻落实习近平总书记重要讲话精神和北京市委、经开区工委部署要求，持续加强党建引领，将临时党支部和党员责任区“量身定做”在防疫前线。

临时党支部与集团总部指挥部实现联动，通过视频连线的方式汇报每日工作进展，第一时间解决了旗下园区、楼宇、公寓、工地等平台的安全防控问题，立足全国科创中心主平台建设实际，打造每一个战疫与生产的“双核细胞”，让鲜红的党旗在疫情防控斗争和复工复产第一线高高飘扬。

**“大事难事看担当、党员干部冲在前”**，是1000名亦庄控股党员的座右铭。

2月5日，第十六天，累计确诊24324例，现有疑似23260例，累计治愈892例，累计死亡490例。

看着每日上涨的数据，每一个人的内心都焦灼着，迫切想要做点儿什么。于是亦庄控股党员承诺书发布了，短短半天内800名党员完成承诺。其中在承诺名单中有这样一条信息格外引人注目：

**“我不是党员，一样承诺。”**

“亦控人”靠着这份义无反顾、冲锋在前的实干精神为防控疫情贡献亦控力量。

**主动担当冲锋一线，党员党徽亮起来。**

2月14日，开拓热力接受《前线》杂志采访，开拓热力党总支书记李树栋视频连线三号热源厂主控室，值班人员李俊鹏自豪地将镜头对准自己胸口的党徽：

**“我是党员，我得冲在最前面！”**

“在工地的第一天，支部的宣传委员就把疫情防控手册发到了我手上，通俗易懂，简单实用！”在盛元公司开发建设的北京细胞治疗研发中试基地的施工现场，正在休息的建筑工人扬了扬手中的宣传册说道。

党支部的宣传委员，通过张贴海报、悬挂横幅、微信转发等方式，将疫情防控知识宣传、舆论引导和心理疏导带到一线，并积极发掘先进典型，强信心、暖人心、聚民心。

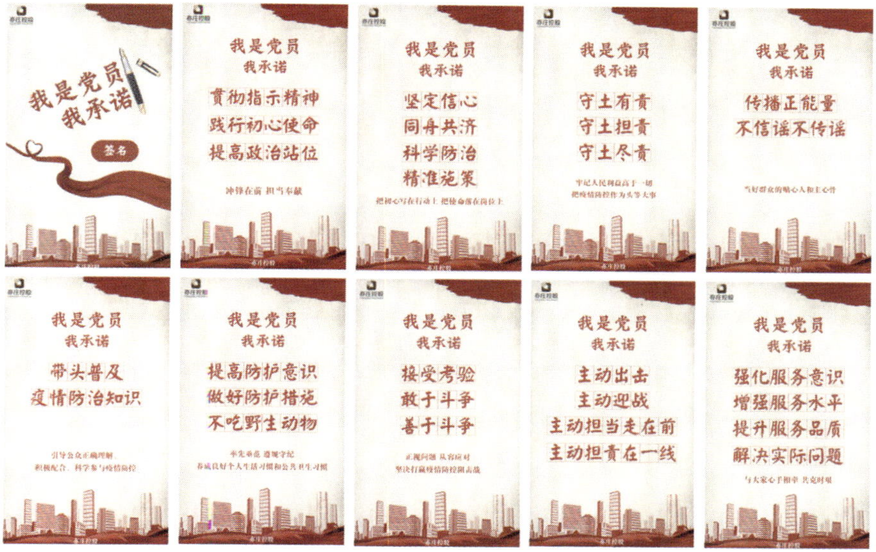


党员承诺

支部委员构成了党员先锋队的骨干力量，他们被工友们亲切地称为“身边的贴心人”。

星网公司党支部充分发挥基层党组织的战斗堡垒作用和共产党员先锋模范作用，把党员干部投身防控疫情工作作为践行初心使命、体现责任担当的“试金石”和“磨刀石”，通过开展党员亮身份、亮承诺等活动，真正做到疫情防控到哪里、党员的身影就在哪里。

“我们在园区成立党员突击队、设立党员责任区，号召广大党员冲锋在前，切实将‘不忘初心、牢记使命’主题教育成果转化为疫情防控和助力企业复工复产的行动力，形成党员干部点对点服务制度，全体党员与企业建立帮扶关系，党员带头做起‘服务员’‘宣传员’。”

星网公司党支部负责人说道：“今年 2 月份，我们积极协调威讯改造项目恢复施工、推动中氢能源、京东无人科技复产，并协助京东无人科技在 3 月份完成所有员工入驻，在一季度全面实现园区企业复工复产。”

**2 月 29 日，第四十天，累计确诊病例 66907 例，现有疑似病例 646 例，累计治愈病例 31187 例，累计死亡病例 2761 例。**

北京迎来了一场小雨，让刚刚回升的温度又降了下来，但来自亦庄水务的党员刘建霞和刘珊珊的工作热情却丝毫不减，她们坚守岗位，严格落实社区封闭要求，进行社区值守，积极做好测量体温，出入登记，耐心进行讲解、劝导等工作。

“作为党员，响应组织的号召，是我们义不容辞的责任，通过社区执勤，也能切身感受到社区工作者的辛苦，更加理解与支持社区的工作，让我们共同努力，为打赢疫情防控阻击战贡献力量。”这是公司第十一党支部书记吕成明的“周末替岗”感受，也代表了博大建设人的心声，飘扬的党旗成为他们冲在一线的精神力量。

在党员先锋作用的引领下，亦庄控股 700 余名党员参加到“双报到”中，近 150 名党员参与到“周末替岗”行动中。哪里任务险重，哪里就有党组织坚强有力的工作，哪里就有党员当先锋作表率。

集团党委设置了 80 个党员责任区，组建了 51 支党员突击队，建立了 16 个临时党支部，率先唱响“组织引领曲”，党组织的影响力、凝聚力、号召力在“控疫情、促发展”中得到了充分彰显。集团的每个人都成了一个个熊熊燃烧的能量源。不畏惧、不退缩，时刻牢记党员的使命和担当，为经开区筑起一道安全屏障，让鲜红的党旗在经开区的防疫一线高高飘扬。

初心如磐，使命如山，党旗召唤志更坚

# 请战 让我上一线！

“各团组织，现在紧急征集在京团干部，到战疫一线去，配合上级部门开展工作。请各团组织书记广泛动员，晚上 10 点之前务必把名单报给我！”

2020 年 2 月 2 日晚 9 点，亦庄控股团委“纪 · 青春”工作群里发布了这样一条有些突然的信息。

没有工作内容、没有工作地点、没有上岗时间，紧急、不容喘息，面对着的是未知的危险。

然而……

2 月 2 日晚 10 点 17 分，由 10 名青年构成的第一支亦庄控股青年战疫突击队组建，紧急发布工作任务。

2 月 3 日早 7 点，微光乍亮，亦庄控股青年战疫突击队全体成员按照经开区工委和集团党委部署，分别赴经开区产业园区、商务楼宇，在战疫一线蹲点值守，在国家民族最危难的时候勇往直前。

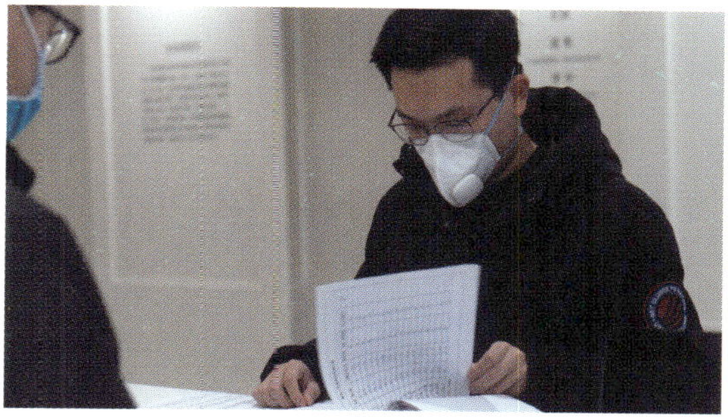

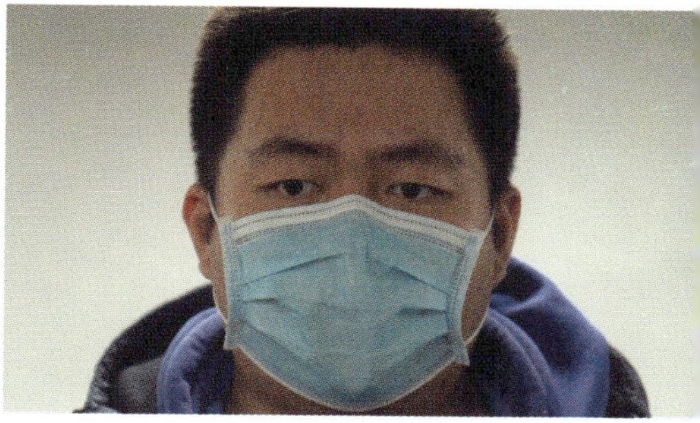

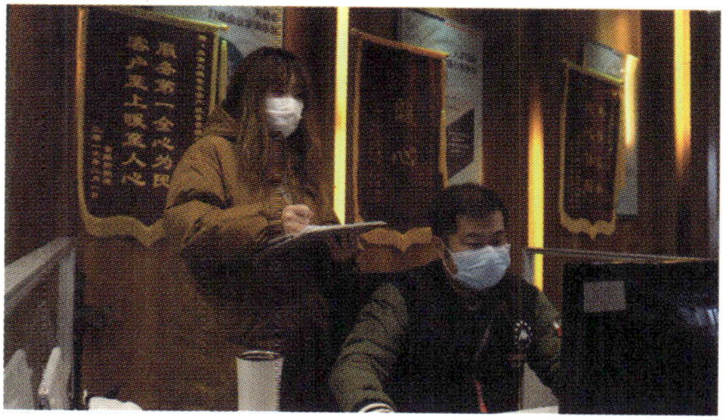

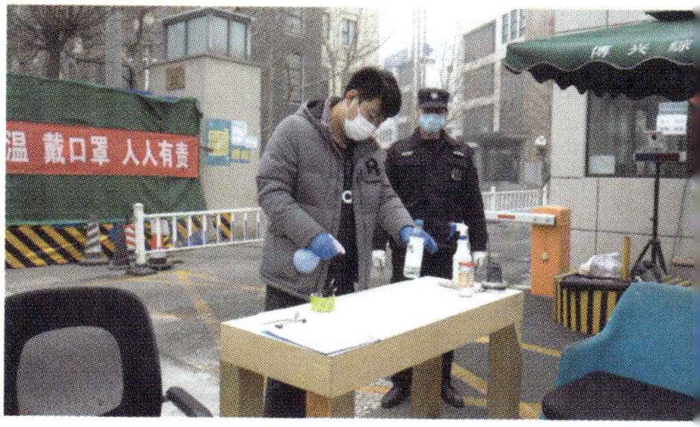


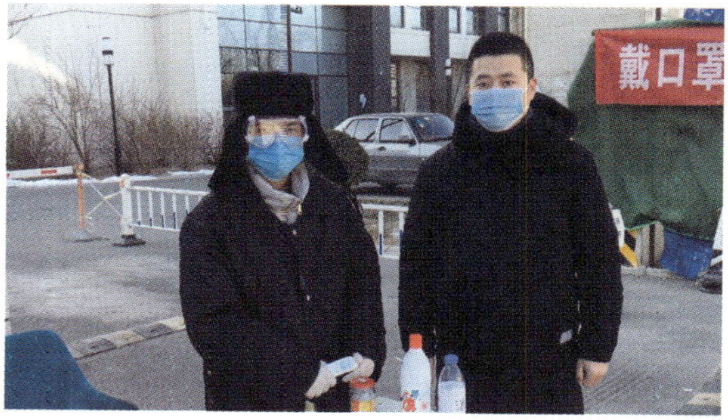

奔赴“战场”，无畏前行，一言一行都彰显着亦庄控股人战胜疫情的勇气和决心

京南大地，一群充满澎湃热血、肩负如山使命的青年，与白衣执甲的战士一道，与群防群治的社会一起，与众志成城的国家一同，护家国安然……

## |奋勇上前|

2月2日晚9点40分，开发建设公司的许辛在公司群内看到了一则招募志愿者的消息后，第一个报了名。

每次我看到那些前赴后继赶往疫区的医护人员，内心都深受触动，希望也能为疫情防控尽些绵薄之力。所以得知消息时，我的头脑中只有一个想法——

**我要报名！**

在保障经开区科学有效防控疫情和平台企业井然有序复工的重大任务面前，集团党委临时组建一支近百人的“疫情防控后备队”，许辛也是第

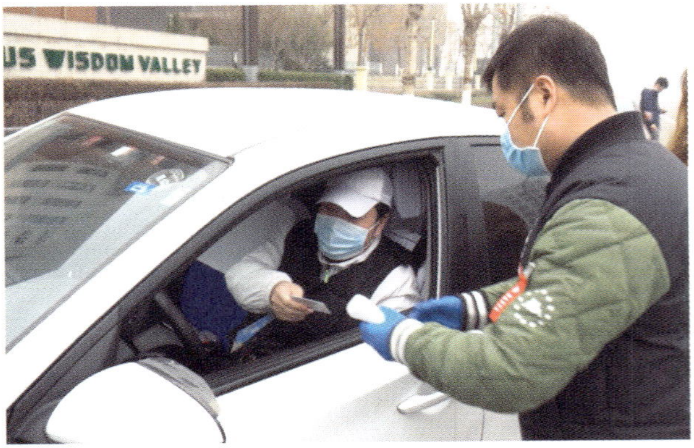

许辛坚守在园区一线，为往来的行人测温扫码

一批志愿者中的一员。被派驻到天骥智谷园区后，他与同事每天了解园区疫情防控工作开展情况，巡查园区测温点、临时隔离观察点等。定期在园区内张贴疫情防控宣传海报，向企业讲解疫情防控工作的注意事项。

“国家有难，匹夫有责。”这是许辛报名时在群里说的话，“作为一名中国人，为国家贡献力量是我义不容辞的责任，我自愿奋战在抗疫一线，直到抗疫胜利，直到春暖花开！”

在这个特殊春节后的第一个周末，亦庄传媒的靳洋作为首批自愿报名的防疫志愿者来到青春梦影视产业园。

自春节后，青春梦影视产业园便迎来一批又一批的复工人员，靳洋申请来到园区，与物业管理人员一起排查企业复工情况，收集企业每名复工人员的信息并分发防疫海报，提醒复工企业加强防范意识。

“疫情防控无小事”，抱着这个想法，靳洋利用休息时间重新设计了园区出入登记表、消毒记录登记表，并制作了消毒标记卡片。

“对于园区企业反映的情况，我也第一时间上报给管委会相关对接人，希望能够尽快帮助企业解决问题。”靳洋回忆道。

2 月 10 日，亦庄水务的翟进伟被抽调到经开区开发建设局检查工地的防疫工作。与园区不同，工地的情况更为复杂，但是他没有

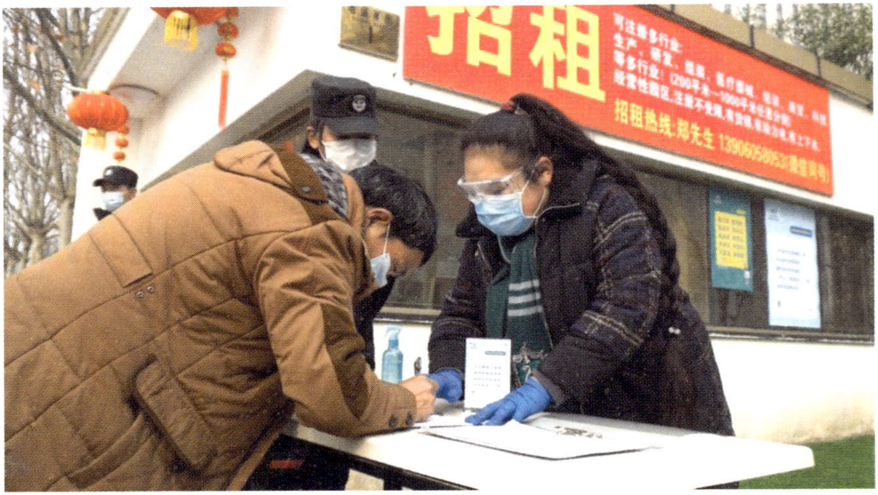


寒风中，靳洋协助园区出入人员进行登记

靳洋制作的消毒登记卡片

退缩。“在岗位上，做好每件小事就是我的大事。”大到防控措施落实情况，小到工地床铺所隔间距，他都一丝不苟地检查，从未懈怠。

“每天都能走两万多步，就当减肥啦！”他打趣地说道。就这样，他在抗疫一线坚守了一个多月。

在工地上检查防疫工作的翟进伟

铿锵的誓言在抗击疫情的第一线激荡回响，无论条件多艰苦，这些“逆行者”们都能克服办公条件限制，坚持每日做好工作记录和信息上报工作。

## | 发光发热在一线 |

自疫情暴发以来，集团科技创新促进中心的佟俐颖除了关注疫情动态，更多的就是查看志愿者招募信息。

终于，她等到了集团党委组织部抽调人员参加经开区疫情防控工作的通知，早就渴望到战斗一线的她没有丝毫犹豫便报了名。但是，首批选派下沉干部是去工地，考虑到工作的特殊性，集团只选派男同志，没能参加疫情防控工作，她有点失落，但她一直在等待着上一线的机会。

2 月 27 日，佟俐颖第二次接到党委组织部抽调下沉干部参与疫情防控工作的通知，她依然是第一时间报名，随后被分配到经开区商务金融局复工复产防疫工作组，主要负责到园区内各金融机构检查指导防疫工作。

银行网点的复工，一方面，对区域百姓提供服务保障；另一方面，银行复工，企业才能有效复工。经开区复工的金融机构从她刚下沉时候的 30 余家，发展到后来的 43 家，她不仅要逐个走访已复工的机构，还要帮助未复工的单位审核复工方案。工作量虽然很大，但是她觉得很有价值、很有意义。

朴素的语言，坚定的眼神，一点一滴的踏实工作，代表着亦庄控股人战胜疫情的勇气和决心。暴风骤雨将来之时，也是英雄华丽蜕变之日。每个时代都需要自己的英雄，当困难召唤每一位勇敢者决然向前时，集团所有员工即刻迎难向上。此时此刻，他们的所作所为应当被牢牢地铭记，“请战”成为最美的姿态。

# 专班督战，护航防疫

**疫情暴发，刻不容缓！**

既要统揽全局，又要监督执行，面对来势汹汹的新冠肺炎疫情，考验的不仅仅是集团党委的决策力，更考验着这支队伍的执行力、战斗力，和每一个亦庄控股人的担当与奉献精神。

## | 七星舰队 |

新冠肺炎疫情暴发之际，集团党委迅速成立疫情防控专班，集团纪委监察专员办公室根据市纪委和集团党委要求，第一时间成立了疫情防控专项监督检查工作领导小组和七个监督检查组，对集团的重点区域、重大项目实行分片包干全覆盖监督。

七个监督检查组通过日常监督、专门督导、全程跟踪，科学精准有效地做好疫情防控监督工作，以有力监督推动有效落实，以严谨扎实的作风和实际工作成效确保各项决策部署落实、落细、落到位，

监督检查组到南投公司实地查看疫情防控工作

为打赢疫情防控阻击战提供坚强监督保障。

监督检查组成员第一时间放弃团聚的假期，从大年三十开始，就研究制定了抗击新冠肺炎疫情的“监督工作方案”。

同时，建立与集团防控办的数据统一归口机制，坚持每天沟通核对统计数据，保证上报材料和数据的准确、及时、全面，确保亦庄控股疫情防控情况自申报以来，每天准时向市纪委监委第五监督检查室报告，有效推动集团疫情防控工作有力有序开展。

## | 风雪兼程 |

2 月 14 日清晨，寒潮来袭，漫天飞雪，第二检查组的成员们已经整装待发。

“走，我们上午去南投公司看看。”组员们看向彼此，再看着窗外的大雪，裹紧了衣服，一行 4 人在漫天大雪中深一脚浅一脚地出发了，又是不打招呼直奔现场的一天……

雪没过了半个车轮，雨刷器开到最大才勉强看清前方的路。检查组顶风冒雪来到南投公司实地查看疫情防控工作，在和主要负责人沟通时，提出检查中发现的问题和防控建议。

从南投公司出来后，检查组又直奔南海子公园一期北门，公园入口处值守的保安仍坚守在工作岗位上，检查组通过与保安交谈，仔细了解公园的疫情防控工作存在的困难，临走前叮嘱一定要在做好自身防护的基础上加强防寒保暖。

随后检查组的成员们又到公园各入口处一一查看，一圈走下来，每个人的衣服和鞋都已被雪浸湿，然而当天的检查工作还远未结束，继续下一家……

3 月初，疫情让原本应投入复工的热闹园区显得格外冷清。

第四检查组的董岩同志带领小分队来到青年公寓检查疫情防控情况，一下车，呼啸的大风吹得他们冷颤接连不断，大风钻进横幅与墙缝的间隙，发出“呱嗒呱嗒”的响声。

组员还在冷得两只胳膊抱成一团时，听到董岩说：“今天天气情况特殊，要关注各种安全隐患。大家要特别关注楼顶有无高空坠物危险、防疫横幅粘贴是否牢固、楼下吸烟处有无未灭烟头、公寓入口的防疫帐篷是否牢固、帐篷内的红外热成像仪悬挂的稳固性和体温测量精度……”

就这样，董岩带着组员在公寓内仔细巡查，并与公寓的管理人员进行了细节沟通，在火灾、高空坠物、入园体温测量、返京人员接待等各个方面提出了预防性的建议并指出需要整改的问题。

像这样的检查，每天都在进行，风雨无阻，从未间断，检查组在用实际行动向所检查单位传递着这样的信息：坚持疫情防控工作一刻都不能放松，唯有齐心协力，共克时艰，才能迎来胜利的曙光。

## | 家国抉择 |

**“马上参加市纪委监委疫情防控督查工作。”**

除夕上午，集团纪委的陈晓波同志收到紧急通知时，正在忙着准备一家人的年夜饭。婆婆年前就住进了医院，爱人每天要家里医院两地来回奔波，年迈的父母和两个未成年的孩子吃穿起居的重担都压在她一个人的肩上。

“妈妈，陪我们一块儿看春晚吧。”

面对儿子的恳请，她心存愧疚，家长会很少参加、毕业典礼遗憾错过、功课少有辅导……来不及思考太多，时间紧迫，她立即放下手里的家务，马上请示汇报、沟通联络需要统筹的工作，确保不折不扣落实市纪委监委最新疫情防控各项工作部署。

“防控疫情的监督检查方案需要拟定，统计数据需要汇总，集团防控指挥部大量的工作需要对接和落实……”一系列工作飞快地在脑子里运转。

**疫情面前，容不得儿女情长**。

李杨同志是审计事务部内勤员，从大年初一接到单位通知后，就开始在家办公，按时梳理报送组员检查的情况，她本想初二回老家探望父母，但因疫情逐渐严峻，怕返京时间延后耽误工作，所以毅然放弃回家团聚的机会，上班后又牺牲节假日，克服无人看管两个孩子的困难，投入疫情防控监督检查工作中。

在疫情最严峻的半年时间里，第七检查组的张鹏同志主动担起了路途最远、防疫任务最重的E14项目防疫检查的重任，还积极参加党员干部下沉防疫一线工作；霍晓蕊同志不惧冬日刺骨的寒风，早早到达防疫现场，认真检查防疫措施的落实情况，了解防疫人员困难，及时上报防疫情况；王砚天同志虽然年龄最小，但她勇于担当，不畏严寒，在不间断开展防疫检查工作的同时，积极参加党员下沉防疫一线工作，认真完成每次的防疫工作任务……

他们没有庄严的宣誓、没有逆行的请战书。他们是集团防疫工作的七星舰队，集团疫情防控工作部署到哪里，监督检查就跟进到哪里，“四方责任”因为他们的辛苦付出而落实到位，亦控战疫舰队因为他们的无私奉献而乘风破浪。

集团纪委监察专员办公室组织各单位纪委书记、纪检委员和机关干部到所监督的青年公寓，学习交流经验做法，持续提升疫情防控专项监督工作水平

# “娘家人”的温暖

自新冠肺炎疫情防控阻击战打响以来，集团工会积极响应、迅速行动，深刻领会习近平总书记关于新冠肺炎疫情防控工作的重要指示批示精神，按照北京市委市政府，经开区工委、管委会的部署要求，在集团党委和经开区总工会的坚强领导下，动员组织广大职工众志成城、团结一心、共同抗疫，当好亦庄控股 3400 余名职工战疫路上的暖心人。

## | 人文关怀暖洋洋 |

集团工会对 3400 余名职工发出倡议书，聚焦广大职工身心健康，密切关注有关政策措施和疫情动态，积极宣传防疫知识，对职工进行新型冠状病毒防控措施、防护方法、就医信息等方面的宣传。主动劝导、积极督促职工勤洗手、讲卫生、不聚会、少出门，发现疫情及时报告，主动隔离、主动就诊。同时，为了缓解职工恐慌情绪，确保身心健康，加强了疫情期间广大职工的人文关怀和心理疏导。

同时，组织集团工会会员参与“全国职工新冠肺炎知识线上有奖竞答”活动，加大健康宣教力度，带领广大职工不信谣、不传谣，奠定打好抗疫阻击战的思想基础。

## | 物资保障雪中送炭 |

疫情当前，口罩既是紧俏物品，又是战疫所需，为了满足总部广大员工健康防护的需求，集团工会多方协调、不断沟通，先后为员工们发放一次性防护口罩近 5000 个。

工会为一线职工发放防疫物资

“工会真是帮助我们解决了燃眉之急。”大家的感激之情溢于言表。疫情虽未散去，但工会的关心和爱护坚定了员工战胜疫情的信心、决心，让大家在抗疫道路上能够更加舒心、安心。

集团工会深入了解企业所需，针对基层工会反映消毒液、防护用品物质紧缺问题，积极协调经开区总工会及供应商，及时解决防疫物资紧缺困难。截至2月16日，为10家子公司协调84消毒液425箱1700桶，防护服40套，防护手套1160双。企业与供应商现场交付，公开透明。同时，集团工会把30箱共计120桶的84消毒液送到青年公寓、永康公寓和E14项目等物资最紧缺的防护第一线，为基层抗疫工作解燃眉之急。

## | 佳节关怀别样甜 |

抗疫不易，集团工会作为广大职工的“娘家人”，带领各基层工会开展符合需求、形式多样的慰问活动，把组织的关爱传递到防控一线的每一名“战士”身边。

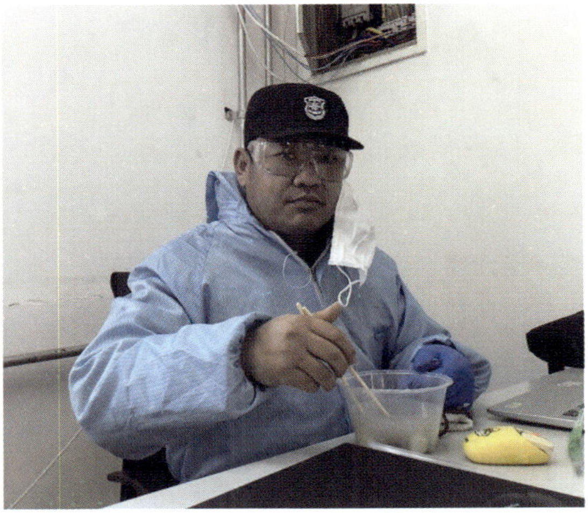

集团工会为驻守一线的员工送上热腾腾的元宵

适逢元宵佳节，集团工会联合基层工会出资3.5万元为一线值班值勤人员购买慰问品，送去了冬日里的温暖。各基层工会纷纷行动，经开股份工会到园区分点慰问，亦庄置业工会到现场慰问，博大兴工会让一线职工吃上热腾腾的元宵，甜甜的元宵，吃在嘴里，更是暖在心里。

突如其来的新冠肺炎疫情为湖北籍员工的生活带来了诸多不便。为了把关怀落到实处，集团工会及时了解 35 名湖北籍员工的基本情况并且主动送温暖“上门”，做到了“隔离不隔爱”。不仅给博大网信公司湖北籍员工及家人邮寄了口罩，还积极解决了生物医药园湖北籍员工未成年子女的看护问题，用实际行动为员工排忧解难，增强了员工的归属感和幸福感。

## | 关爱职工暖心间 |

自疫情发生以来，集团工会就时刻关注员工的心理健康，积极对接上级工会组织，公布员工心理热线电话，并组织员工参加了一系列防疫阶段员工心理关爱直播课，包括《疫情期间复工如何调整心态》《疫情期间的保健及睡眠调适》《情绪压力下如何有效沟通》等，通过直播课堂，能够有效帮助广大员工缓解工作压力，保持良好心态。

集团广大女性员工作为疫情防控的“半边天”，在防疫工作中发挥了重要作用。集团工会以“三八”妇女节为契机，组织开展了疫情防控知识问答活动，并为参与活动的女员工发放节日纪念品。

问答内容融知识性、实用性、趣味性为一体，得到了大家的积极响应。集团工会在全力做好服务保障工作的同时，也鼓励她们坚定信心、共克时艰，继续为战疫贡献巾帼力量。

理发店在疫情防控期间都未营业，理发也成为了员工的“头”等大事。为此，集团工会积极联系理发师，并利用午休时间先后三次为总部近百名员工提供免费理发服务。理发期间，疫情防控也丝毫不松懈，提前预约、登记领券、分批进入……工会前期做了大量准备工作，确保免费理发服务能够安全高效有序进行，获得了员工的一致好评。

## | 复工复产有保障 |

集团工会坚决贯彻北京市总工会要求，号召带领各基层工会落实防疫服务保障“五条措施”。要求工会组织要站在广大职工的立场，协助集团及各子公司做好生产经营场所疫情防控工作，做好公共区域、密闭场所的卫生清洁工作，定点消毒；充分发挥工会“职工之家”优势，及时准确掌握职工返岗复工前的健康状况，摸排以及返岗复工后的体温检测，倡议集团广大员工实行弹性工作制，支持采用灵活办公方式，延长职工就餐时间，安排职工分段就餐。

# 战疫“亦”线十二时辰

新冠疫情犹如黑色幽灵笼罩着神州大地

在以习近平同志为核心的党中央的坚强领导下

首都各界迅速行动，众志成城，严密防控

疫情就是命令，责任重于泰山

科学防控、依法防控、规范防控、有序防控

坚决打赢疫情防控阻击战，亦庄控股24小时在行动！

我们始终坚信

这股凝心聚力的强大力量必将战胜暂时的黑暗

看东方的太阳徐徐升起，正将温暖洒向京城

## 子时

### — 夜半 —

夜已深，城市入睡，智能院公司产品经理温世雄还在电脑前工作，此时还有一群和他一样在天南海北公司的小伙伴们，他们与疫情赛跑，实现疫情防控“一网通通览”24小时正式上线，上演大数据监测平台建设的“亦庄速度”。

## 丑时

### — 鸡鸣 —

北京亦庄南区污水厂，党员干部们时刻准备着，第一时间奔赴故障抢修的现场，他们奔驰在朦胧的夜色中，用汗水坚守着水务人的初心。因为有他们这些人的存在，这个城市更加安心！

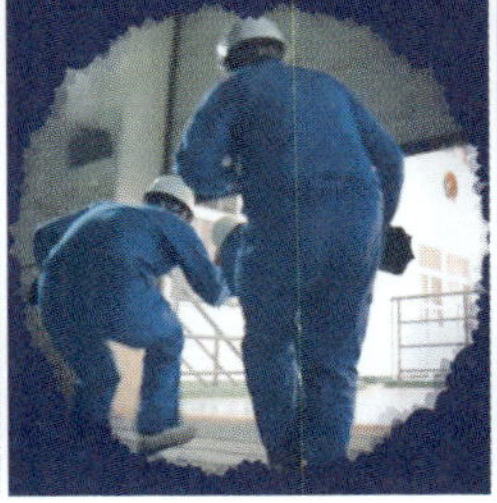

## 寅时

### — 平旦 —

博大酒店开始对所有公共区域用消毒液进行消毒处理，不放过每一个细节，用酒店人最专业的服务拉开新一天的序幕。

## 卯时

### — 日出 —

亦庄置业对连夜制定的应急方案进行部署。细节见功底，针对本次疫情，他们团结协作，服务保障每一处细节用情用心，以标准化服务有条不紊地落实各园区防疫工作。

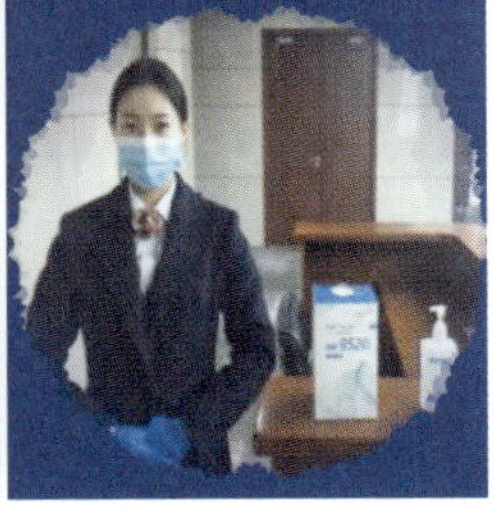

## 辰时

**— 食日 —**

南投公司在南海子公园门口设置的保安岗已经全部就位，开始一天的巡查检查。此次疫情期间，为避免人群聚集导致病毒传染风险，公园积极响应号召，全面暂停对外开放。

## 巳时

**— 隅中 —**

开发建设公司做好市政基础设施养护人员防护措施。针对道路环卫，开展消杀作业，严格落实垃圾中转站、维修车间、办公区、车辆的消毒工作，按照每日不低于1次的标准进行消毒作业，加强生活垃圾清理力度。

## 午时

**— 日中 —**

园区人口出入高峰期，经开股份加强值守监测，对入园人员逐一进行体温检测。防疫期间，公司对旗下多个园区实施封闭式管理，出入口设置24小时防控管理人员，严格对入园的人员和车辆进行登记和体温检测。

## 未时

**— 日昳 —**

北京亦庄保税物流中心通关服务中心的轮班人员上岗前由同事进行全方位健康监测，博大世通设立的通关服务中心开创了全国首个7x24小时现场通关服务模式，大大提高了效率，他们更是7x24小时随时待命。

## 申时

**— 晡食 —**

开拓热力确保防控措施全覆盖、无死角，抗击疫情，保障供热。在疫情面前，太多的热力人放弃了假期，在做好防护措施的同事值守在工作岗位，守护着千家万户的温暖，践行着“温暖千家万户、助力美好生活”的庄严使命。

## 酉时

**— 日入 —**

博大兴对青年公寓园区出入口做好体温检测、防控宣传，对日益增多的返京人员做好登记管理。为配合疫情防控，公司积极主动作为，严织“责任、防控、服务”三层网，全力以赴做好公寓疫情防控工作。

## 戌时

**— 黄昏 —**

联港置业对所辖小区加强巡逻频率，对进出车辆进行登记。公司各部门团结协作，制定详细防控方案，确保所辖小区的社会稳定和商户的身心健康。

## 亥时

**— 人定 —**

青年公寓、永康公寓还在为广大住户解决各种问题。亦庄控股充分发挥基层党组织的战斗堡垒和党员的先锋模范作用，利用党建品牌园地积极进行疫情宣传，党员带头报名加入值班队伍，大家众志成城，守望相助，为园区贡献力量。

# 第二篇

# 战在“疫”

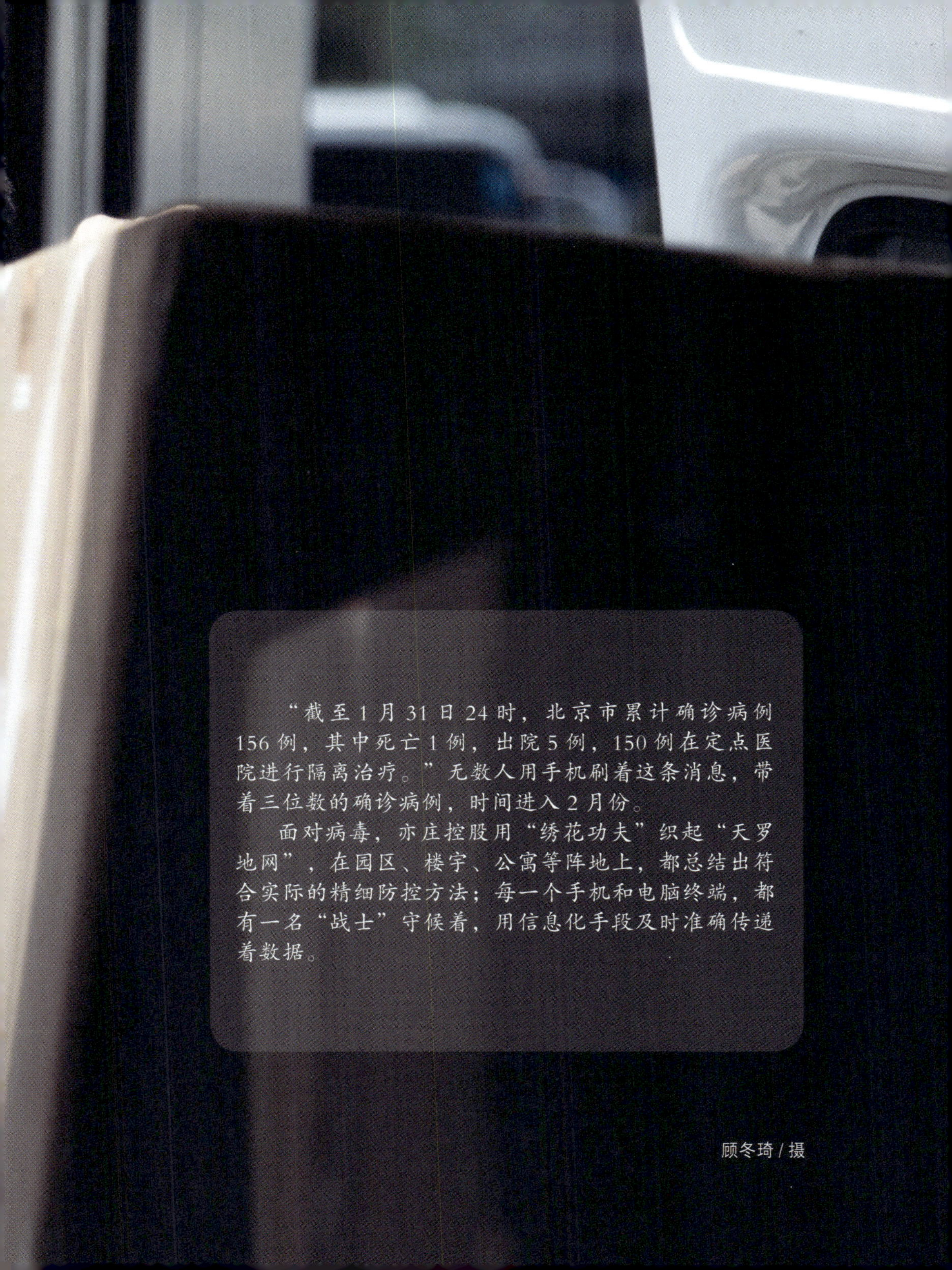

“截至1月31日24时，北京市累计确诊病例156例，其中死亡1例，出院5例，150例在定点医院进行隔离治疗。”无数人用手机刷着这条消息，带着三位数的确诊病例，时间进入2月份。

面对病毒，亦庄控股用“绣花功夫”织起“天罗地网”，在园区、楼宇、公寓等阵地上，都总结出符合实际的精细防控方法；每一个手机和电脑终端，都有一名“战士”守候着，用信息化手段及时准确传递着数据。

顾冬琦 / 摄

# 中层干部蹲点一线

## 扎实开展疫情防控工作

▷ 北京经开

▷ 博大酒店

▷ 博大网信

▷ 博大建设

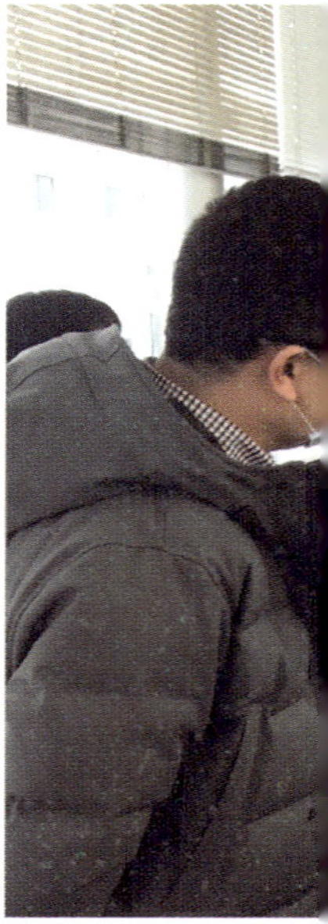

▷ 亦庄置业

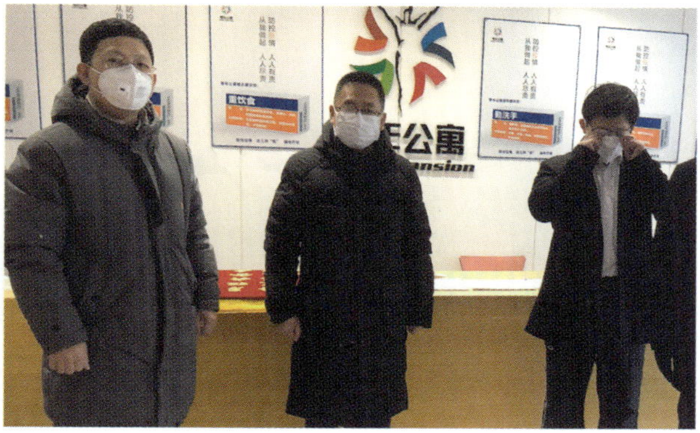

▷ 博大兴

▷ 开发建设

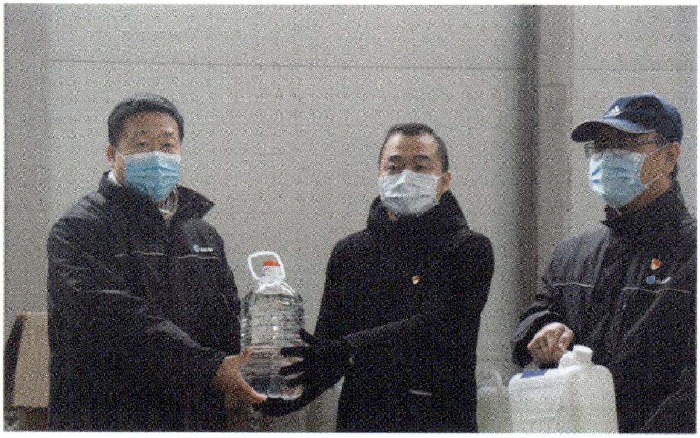

▷ 亦庄盛元

▷ 博润置业

▷ 生物医药园

▷ 博大世通

▷ 南投公司

▷ 亦庄传媒

▷ 开拓热力

▷ 联港置业

▷ 智能院

▷ 星网公司

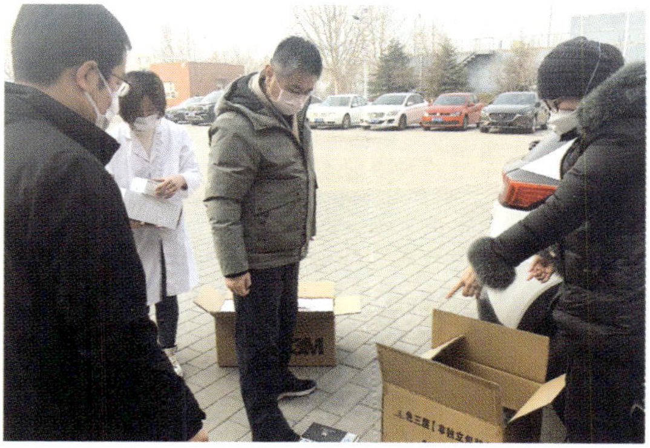

▷ 亦庄水务

▷ 博大坤元

# 战疫金盾

“一套数字化战疫系统在北京经济技术开发区上线，通过这套系统，企业防疫和生产中的需求及碰到的问题，可以实时直接报给相关部门……”

亦庄控股的“战疫金盾”登上了CCTV新闻频道

2020年3月4日，央视《新闻联播》用26秒的时间介绍了这样一套疫情防控大数据系统。恰逢防疫攻坚期，这条消息瞬间引爆各大媒体，CCTV新闻频道、CCTV财经频道、北京电视台等多档新闻栏目，以及相关报纸和网络媒体都纷纷报道了这套防疫系统——**“战疫金盾”企业护航报备系统**。

这套高科技、高智能、体系完备的报备系统，是在经开区工委管委会和宣传文化部统筹领导下，由智能院公司运用大数据手段，有序保障企业控疫情、稳增长，主责开发“一专多能”的“战疫金盾”企业护航报备系统。通过“打通政企大动脉、畅通生产微循环、振奋战疫精气神、平战结合后劲足”，在助力经开区疫情防控和企业复工复产中，彰显城市治理大数据手段的硬核力量。

事实上，除了新闻媒体报道的企业护航报备系统作为主阵地外，这套系统还包含企业复工复产管理系统、工地企业防疫报备系统、企业物资供给保障系统等 5 个配套系统。

在这套强大的防疫报备系统背后有这样一群亦庄控股人——讲述着以智能院为核心的“智能防疫突击队”的故事。

“大数据平台建立前，谁能保证一直在岗？立即联系我！”

“我们必须尽快建立一个疫情监测平台。”

“只有这样，才能帮助大家及时准确了解真实信息，对于抗击疫情才能做出正确判断！”

2 月 4 日清晨 7 点 45 分，智能院旗下大数据科技公司总经理张智东来不及整理措辞，就在员工微信群中展开了“狂轰滥炸”。而此时有的员工已在春节返乡途中。

**但是疫情就是命令！**

这条微信成为智能院打响疫情防控大数据阻击战的“第一枪”。这声枪响后，由智能院、大数据子公司、智慧园区事业部和智联会技术力量组建的“智能防疫突击队”即刻成立。

这大概是智能院成立以来最为快速的一次方案设计，小组成员遍布全国各地，办公条件参差不齐，然而重重困难并没有打倒这些信念坚定的年轻人。没带电脑？问朋友借！微信打字太慢？直接发视频交流！没有数据？手工收集！

新的开发模式几乎颠覆了以往的正常逻辑，需求处理、界面设计，所有这一切和代码开发几乎同步。

每个人都在争分夺秒为后续的进度争取哪怕一分钟的时间，在超高强度的工作中，大家完成了几乎不可能完成的任务！

只要能放下一台笔记本电脑，随处都是办公场所

在他们看来，办公场所没定下来不是问题，走廊的消防器材可以当办公桌；每天只睡两

三个小时不是问题，咖啡、浓茶是他们的提神武器；交通不便回不了家也不是问题，累了就趴在桌上睡一会儿。他们似乎忘了太阳方才升起，也没有注意太阳又一次落下了地平线。他们全心投入系统研发，却来不及向家人们报一声平安……

就这样，一场与时间的赛跑开始了。

30 分钟后，项目经理、产品经理、技术经理、开发人员等全员到位；

4 小时后，《功能模块设计方案》完成；

12 小时后，框架搭建完成；

20 小时后，发版完毕；

24 小时后，全面测试完毕。

亦庄智能院大数据疫情防控“一网统览”平台正式上线！

……

根据疫情发展情况以及新需求的不断变化，升级方案经常是一天一个新版本，有时甚至是一个小时一个新版本。

2 月 8 日下午两点，突击队紧急面临一个新的需求。

“经开区隔离观察点已经基本就位了，我们希望通过一个界面，能够直观显示每一个点的实时人数和承载能力。”

“好的，你们什么时候用？”

“越快越好，明天下午召开指挥部会议，最好是明天一早，可以吗？”

“嗯，没问题！”

团队每个人心中都明白，今晚又将是一个不眠之夜了。经过十几个小时不眠不休的研发，2月9日上午9点，“观察点监测预警平台”正式上线。

2月16日，企业回京台账模块进入开发环节。

闪烁的光点背后是小组成员几夜不眠不休的成果

2 月 28 日，经开区楼长疫情巡查系统进入开发环节。

2 月 21 日，文化产业防疫模块正式上线。

3 月 9 日，企业物资供给保障系统正式上线。

……

“工欲善其事，必先利其器！”就这样，“智能防疫突击队”用高强度、高负荷、高效率式作战，想企业之所想、急企业之所急、帮企业之所需，从防疫管理到衣食住行，再到复工复产方方面面提供大数据解决智慧方案。

疫情期间，“战疫金盾”系统覆盖经开区居民和企业的实时数据，有 10 万多名社区居民、区内员工，以及 5000 多家园区内各类企业和非经营单位登录上报。通过该系统，政府部门可准确掌握区内人员健康状况、企业复工率和生产经营情况，同时了解企业防疫物资需求、供应链需求、用工需求等信息，有效助力政府科学决策和精准施策。

能力越大，责任就越大。疫情期间力能扛鼎的“战疫金盾”，还会在服务经开区治理体系和治理能力现代化的道路上大展拳脚。而这支“智能防疫突击队”来不及休整，就已经再次投入智慧亦庄建设的新战场。

# 守门人

作为首都全国科技创新中心“三城一区”中的“一区”，亦庄驻扎着 2 万余家企业，众多的工业园区就是这些企业的主阵地。当疫情汹涌而来，能不能守住这块主阵地，事关防疫大局，更关系到复工复产。有这么一群人，他们是园区的守护者，更是防疫的第一关，他们就是亦庄控股旗下工业园区一夫当关、万夫莫开的“守门人”。

## | 用“心”筑防线 |

“咱们园区企业肯定会提前复工攻克病毒和研发诊断试剂盒，时间紧，任务重，我们一定要守护好园区安全！”亦庄置业生物医药园项目部副经理于海龙面色凝重地说道。

北京亦庄生物医药园是国家科技重大专项课题“国家北京生物医药创新孵化基地”的核心内容，也是经开区生物医药公共服务平台的主体。显著提升经开区生物医药开发创新能力，成为实现经开区乃至北京市生物医药产业跨越式发展的重要载体。保障这里安全的重要性不言而喻。

大年初六，于海龙便带领项目部全体在京人员到一线执勤。组织实行24小时排班制度、制定测温登记表、培训防疫物资使用要求、设置人车分流通道等一系列工作。

2月，人们还没从新年和疫情的复杂情绪中走出来，医药园便迎来了第一个复工高峰，复工人数近2000人。防疫初期，人工测温、手动登记的效率太慢，容易造成人员滞留、秩序混乱，还有病毒传播的风险。为了解决这个问题，于海龙带领项目部积极与开发商及科技公司共同商讨开发二维码快速入园系统，在经历了6次视频会议讨论，4次方案修改后，耗时整整一周，终于在2月9日成功上线内测。

10日一早，系统正式投入使用，人与车实现有序快速入园。从前测温登记一位员工需要2分钟，一天最多只能测1200余人次，现在只要5秒就能搞定。早高峰时段便可完成全园区1800多人次的测温需求。医药园率先实现了无接触快速登记，为其他园区顺利复产复工解决了重要难题。

2月6日，北京突降暴雪，给本就严峻的防疫形势增添了挑战。

在项目部成员的共同努力下，园区出入人员快速有序通行

于海龙召集项目部 20 名工作人员，一锹一锹地硬生生在 1 小时内将长达 3000 米的主干道积雪清理完毕。来不及回办公室喝一口热茶，项目组的工作人员就又回到各自的防疫卡点开始一天的工作。

工作人员“以雪为令”，保障园区道路顺畅

## | 以“情”化干戈 |

入冬的清晨冷风刺骨。随着刺耳的刹车声，一辆红色的轿车出现在了门岗前，急促的喇叭声催促安保人员赶快为他开门。

秦宝军赶忙跑来：“您好，请出示您的‘北京健康宝’，配合测温。”司机瞥了他一眼，不耐烦地说：“我就是这园区的，赶紧走开，别误了我的大事！”言毕，见秦宝军没有放行的意思，便一脚油门，顶着锥桶扬长而去。

作为亦庄置业博大大厦项目防疫小组负责人的秦宝军，每天都会早早来到岗位认真仔细地检查每一位出入人员的健康宝和体温情况。这种情形还是第一次出现。防控形势严峻，容不得半点马虎，其他组员连忙掏出了手机准备报警，秦宝军却一把拦住说：“先别报警，等我看看再说。”说完他就转身跑入了园区。

等秦宝军回来时已经是满头大汗，他气喘吁吁地说：“闯岗的是园区生产测温枪唯一一个拿着内芯实验室钥匙的技术负责人，北京市防疫检查组的领导正在对他家的产品做突击检查，如果符合要求，将会在短期内生产出大量的测温枪援助疫情重灾区！”

早高峰后，秦宝军找到闯岗人员沟通，强调现在正是防疫的重要时期，查看健康宝是北京市的防疫政策，希望可以互相理解。

闯岗人员也意识到自己当时态度不好，主动登录了健康宝，给秦宝军出示了绿色健康码，并表示自己当时太心急了，以后一定积极配合检查。并提出只要不影响企业的正常生产他愿意接受一切处罚。

清晨一度紧张的小插曲就这样在秦宝军的耐心协调中得到了妥善解决。

看着对方远去的身影，秦宝军心里默默地说道："你们辛苦了，谢谢你们从疫情暴发以来对防疫工作做出的贡献。正是有了你们这样不分昼夜辛劳的工作，才能让一线的医护人员打好每一场硬仗，才能让国家的防疫工作有了保障。"

萤火虽微，但为其芒。在危及生命的新冠疫情面前，许多人自愿举起手中的萤火，非与皓月争辉，而是希望能点亮前行之人的道路，守护身旁的一方天地，献一分热，发一分光。

一个又一个像于海龙、秦宝军一样的无数个亦庄控股人聚集起来，守护着园区的安全，保障了北京防疫工作的顺利进行。

他们是园区"守门人"，更是战斗在防疫一线的勇士，家国平安，有他们的一份贡献。他们以萤烛微光与日月增辉，守护的是园区出入之"门"，是抗击疫情的第一道"防线"，更是千家万户的平安与幸福。

园区前的防疫工作者，正在为
进入园区的人员进行测温登记

# 冲锋在前的突击队

## | 世通党员防疫突击队 |

透过结满冰花的窗户，张一凡看到物资领取处外面站了一个“围巾男”，他缩着脖子，手插在袖筒里，正在和门口的保安小哥激烈地争执着什么。

张一凡连忙跑出去，正听到保安斩钉截铁地说，“不行！”见到张一凡出来，保安小哥解释道，“他没戴口罩就要进去，我让他戴口罩，他不听，还非要进去！”

疫情期间，不戴口罩确实哪里也去不得。张一凡隔着大门，问道：“您有什么事吗？”

“围巾男”皱着眉头解释：“我是经开区一家企业的负责人。因为疫情，防疫物资紧缺，为了保证公司复工，家里的口罩都紧着公司用了。这不出门才发现，口罩没了，实在没办法就捂着围巾过

张一凡仔细核对防疫物资

来了。”

听罢，张一凡连忙从包里拿出口罩递给他，“这个口罩给您，麻烦您把提货单给我，我这就帮您把防疫物资整理出来。”

“好好好，提货单在这。”“围巾男”解下围巾，戴上了口罩。

按照提货单上的规格和数量，张一凡认真整理完物资，交给“围巾男”。看着眼前一箱箱的物资，“围巾男”激动地说：“真是太感谢了，我跑了好几个地方，他们都说没现货了，我都准备停工了，你们这可真是帮了我大忙啊！”

这次新冠肺炎疫情，对中小微企业形成了迅猛的冲击，像“围巾男”这样防疫物资短缺的情况，会直接影响到企业复工复产。而博大世通承担着采购和保障物资畅通的重任，需要千方百计地帮助园区企业排忧解难，防疫用品更是首要的战略物资。为此，博大世通在第一时间成立了“世通党员防疫突击队”，就是要在最难、最险、最急的情况下顶上去。

“保证完成任务，一定不辱使命！”突击队队长王珣斩钉截铁地许下承诺。话音刚落，公司就收到了管委会下达的通知，要求博大世通采购防疫物资，保障企业安全复工复产。

第二天就要对点发下去，必须现在立刻前往厂家取货，而外出取货就意味着接触更多人群，不做好个人防护十分危险，可是公司防护用品不足以分配到每个人。

队长王珣立刻说：“我家里还有手套，我现在就去取来。”

其他队员也纷纷说道，“我家有护目镜，我这就去取。”

“我家有口罩。”

“我家也有。”

虽然规格颜色各不相同，但终于凑齐了装备，接下来就该派人去取货了。还没等王珣开口，几个男队员主动请战，原来他们在大家凑物资的时候就商量好了。“我们是男子汉，更是党员，搬搬扛

博大世通“保物资先锋队”争分夺秒进行口罩的运输、清点、整理及入库工作

扛的事儿，就交给我们吧！”不由分说，他们便上了车，就这样突击队的第一次任务在大家的齐心协力下顺利完成了。

疫情期间世通党员防疫突击队为了确保物资跟得上，常常需要加班到深夜。一次为采购到一批防疫物资，与厂家约定晚上8点取货，偏偏这个时候，联系的货车出了问题。

“明天还有几十家企业过来领物资呢，来不及找其他车了，我开车过去吧！”副队长张一凡着急地说。其他队员纷纷表示，“大晚上的可不能让你一个人去，我们也去！”

突击队员们抵达厂家的时候已是深夜，寒风凛冽，呼啸着卷起残雪，吹得人睁不开眼。他们顶着刺骨的寒风，弯着腰，抱起沉甸甸的物资一步一步往车上搬，当最后一箱物资扎实落在车上，张一凡的心也跟着踏实下来。

## | 党员冲锋在前 |

同样加班加点奋战在防疫一线的，还有博大建设第八党支部成立的“王言亮党员突击队”，他们用时一天，便完成了三个项目的测温检查登记工作，并利用晚上的时间完善各项管理措施，以确保防疫工作顺利推进。

当“突击队”收到力宝广场消杀工作的增援请求后，王言亮立即带队对力宝广场商圈范围内的公共区域进行了全面彻底的消杀。

上万平方米区域的消杀行动，已成为突击队的工作日常

突击队员们在消杀行动中，穿着密不透气的防护服，背着100多斤重的消毒设备，轮流上阵。仅有的几件防护服，在他们手里成了传递的接力棒。寒冷的天气里，每当脱下防护服时，看得见的是顺着他们脸颊流淌的汗水，看不见的是他们早已被汗水湿透的衣物。

一上午突击队就完成了近8万平方米区域的消杀工作，光消毒液剂就用掉了240斤。消杀工作完成后，大家拖着疲惫的身体正要返回，广场的志愿者们送来了饮用水，一再挽留让他们休息一下再走。但突击队员们只说了一句，“不用客气，这是我们应该做的”，就转身离开了。

疫情期间，在天华路、博兴路，亦城景园社区、博大建设园区、开拓热力的厂房，都留下了突击队员们身穿防护服、背着消杀设备的身影。

整整一个春节，身为突击队队长的王言亮就没和家人吃过一顿完整的团圆饭，撂下刚端起的饭碗，拔腿就赶回单位是常有的事。

王言亮说：**“共产党员就要冲在前面，突击队就要发挥坚守阵地的作用。”**

无论是“世通党员防疫突击队”，还是“王言亮党员突击队”，在整个疫情期间，像这样以党员为骨干组成的突击队，亦庄控股还有 49 支，他们共同的特质，就是“打头阵”，就是永远到人们最需要、风险最高、环境最恶劣的地方去，把党旗插在那里，让人民群众看到“主心骨”。正是有了这些突击队卓越的表现，亦庄控股这个产业新城运营商，才能发挥出企业主体责任，成为经开区防疫战线上的重要力量。

风雪中一抹亮眼的“坚守红”

# 有事找“楼长”

“您好，今天体温正常吗？有发热现象吗？”天色微亮，博大建设的薛亚洁就挨家挨户地敲响了永康公寓居民的门。

假期还未结束，薛亚洁便赶回公司主动挑起了“楼长”的担子。至此，她便成为一个全天候的防疫战士。

仔细核对公寓居民的情况，已经成为薛亚洁的日常

每天一大早，她都要楼上楼下地提醒公寓里的居民查验体温，完成信息汇报，同时24小时待命，准备随时应对公寓的各种突发情况。

大家不知道的是，她心里一直挂念着七十多岁罹患癌症的奶奶，她本想这次春节能多陪在老人家身边，谁知疫情来袭，又不得不分离。她说，“战疫不止，她不能下‘火线’”。

像薛亚洁这样的人其实还有很多，为积极有效地应对来自不同地方的返京务工人员，切实保障企业员工的生命财产安全，亦庄控股创造性地推出“楼长制”措施。集团层面制定“战略”，基层积极研究“战术”，以每栋楼或者入驻企业为一个班组，各任命一位楼长，负责该楼宇的信息采集、消杀监督、宣传引导、人文关怀等工作。

实施“人员隔离、企业履责、楼长实施、公寓指挥、集团督导”五级联防联控模式，以“组别、部门、单位、公寓社区”为单位，分片包干、包楼联户，让“楼长”成为上传下达的中枢环节，实现全方位、立体式、精细化、标准化管理。

青年公寓、永康公寓作为人员密集性聚集场所，又是企业复工复产的“后援地”，一直是亦庄控股重点关注的对象。

青年公寓作为经开区为园区企业提供配套服务的重要功能平台，这里生活着66家企业近6000名员工。春节过后，大量人员返京，给防疫工作带来了很大压力。博大兴公司从重点租住企业和宿管团队中挑选6名精兵强将，迅速组建了“楼长”战队，这6名精兵强将就是青年公寓的6名“楼长”。

而作为经开区另一家重点企业配套公寓的永康公寓，居住着来自 83 家企业的员工。和青年公寓不同的是，亦庄控股为加强部署力度，每个入驻永康公寓的企业都要选派 1 名“楼长”。“企业楼长 + 公寓楼长”，这种 AB 角的方式，既确保了工作效能，又实现了双管双治，服务到位。

这种模式，也被运用到了集团旗下园区。生物医药园区中试楼和孵化楼 10 层至 16 层的“楼长”顾春卓，每天上班的第一件事，就要在自己担当“楼长”的辖区范围内统计企业复工数，询问防疫情况。

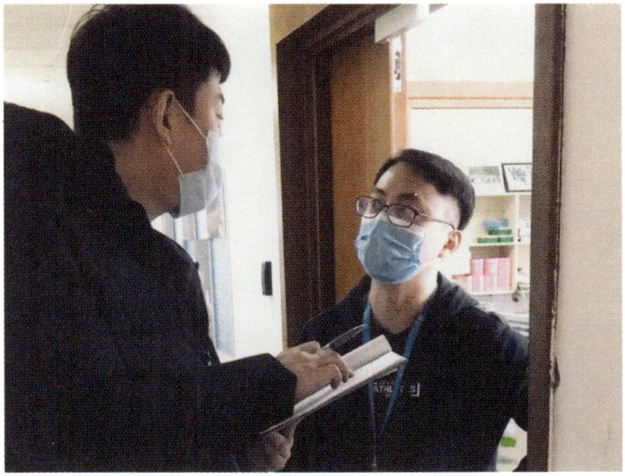

“楼长”顾春卓在统计园区企业情况

顾春卓每天跑上跑下两个小时，需要详细了解企业复工数据，包括到岗人数、返京人数和是否出现发热症状等情况，并对企业办公区内的防护措施提出建议，对于公共区域的设备进行反复检查。这一段时间，顾春卓每日的步数经常在朋友圈微信步数排名的前列。

永康公寓全景

“有事儿找楼长！”已经成了亦庄控股旗下园区、公寓、楼宇中口耳相传的一句话。

如果说亦控青年是“楼长”的生力军，那么集团领导则是“楼长”的压舱石。

集团纪委书记王佃宝自疫情发生以来，亲临现场担任“楼长”，坚守一线，把日常沉淀下来的标准化、智能化、专业化管理水平进行总结完善，“楼长制”成了人员密集性聚集场所有效的防疫措施。

在亦庄控股总部党员干部的《楼长日记》中，有这样一句话：**“能站在防疫阻击战的一线，做点力所能及的事，我觉得很光荣！”**

青年公寓爱心墙上贴着楼长们总结出来的防疫“小药方”

“楼长”是一份沉甸甸的责任，一份舍小家为大家的担当。守住一栋栋楼、一个个园区，就是守住了疫情防控的第一道防线。

“有事儿找楼长！”面对来势汹汹的疫情，一个个普普通通的“楼长”携手同心，聚沙成塔。如同钢铁长城一般站在防疫最前线。是他们的每一份努力和坚持，巩固了防疫之战的胜利成果。

“有事儿找楼长！”这句简单的话，却能让人感到无比的安心；这句简单的话，展现的是亦庄控股人召之即来、来之能战、战之必胜的昂扬斗志，和广大党员不畏惧、不退缩的无畏担当！

守护一栋楼、守卫一座城；守得百业兴、守得千家万户灯火亮。“楼长”是这个特殊时期最无畏的担当、最亲切的称号。

亦庄控股
YIZHUANG HOLDINGS

## 来自楼长的一封信

大家好，大家辛苦了！

武汉新冠肺炎疫情发生以后，在以习近平同志为核心的党中央集中统一领导下，各党政军群和企事业单位紧急行动、全力奋战，广大医务人员无私奉献、英勇奋战，广大人民群众众志成城、团结奋战，全面打响了一场抗击疫情的人民战争、阻击战、总体战。习近平总书记指出，做好疫情防控工作，直接关系人民生命安全和身体健康，直接关系经济社会大局稳定，也事关我国对外开放。当前，疫情防控形势不断变化，也是最吃紧最关键的时刻，稍有放松就容易出现反弹，就会出现前功尽弃我们最不愿看到的局面。

北京疫情防控形势比较复杂，外来人口多、管控难度大，保护全市人民生命安全和身体健康，保卫党中央、保卫首都的压力更大、任务更重。我们亦庄开发区是北京经济发展的重点区域，这里聚集的都是像你们一样的高端人才，疫情防控更加容不得任何松懈麻痹。疫情发生以来，开发区工委、管委会和亦庄控股集团的领导干部、机关干部、一线保障人员，夜以继日，连续奋战，保证了开发区范围内的人员安全和企业平稳运行，稳住了疫情，稳定了大局。

近日，北京市委市政府出台"凡湖北或经停湖北的来京（返京）人员必须到集中隔离点隔离观察14天，非湖北来京（返京）人员必须居家隔离14天"的规定，并号召在全市开展"零感染"行动；亦庄开发区工委、管委会坚决响应市委市政府号召，组织开展了"战疫金盾"行动，努力实现"零感染"目标。我们亦庄控股集团旗下的青年公寓、永康公寓、814、经开工业园、生物医药园等，居住着开发区各类人才近6万人，这些地方是我们疫情防控的"主战场"。"疫情就是命令，防控就是责任"，我们将紧紧围绕"零感染"目标，坚决做到严格、精细、人文、安全。这里也给大家通报好消息，截止目前，我们集团3400名员工和服务保障的70000余名人员中，还没有发生一起

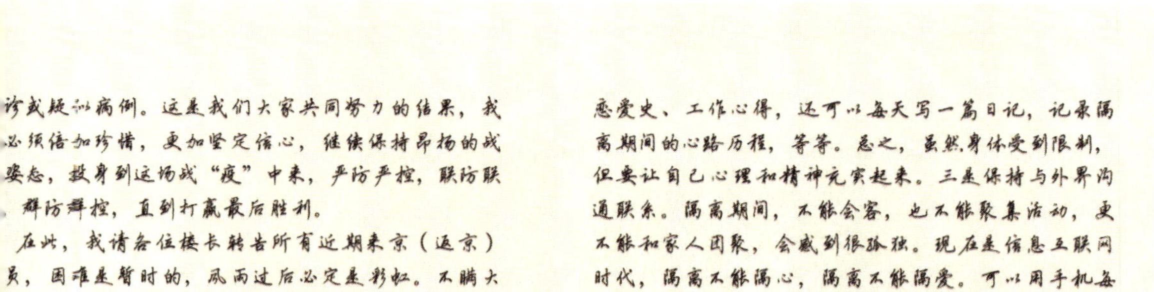
诊或疑似病例。这是我们大家共同努力的结果，我
必须倍加珍惜，更加坚定信心，继续保持昂扬的战
姿态，投身到这场战“疫”中来，严防严控，联防联
群防群控，直到打赢最后胜利。
在此，我请各位楼长转告所有近期来京（返京）
员，困难是暂时的，风雨过后必定是彩虹。不瞒大
讲，由于我们家小区实行封闭管理，不让进也不让
我已经在办公室隔离第十天了，为了自己和家人、
人的安全，我们必须正确对待，坚决执行。借此机
向大家分享四点隔离体会：一是保持良好心态。
稳健康良好的心态，是战胜一切自然灾害和困难困
的最好良药。切忌恐慌、烦躁、焦虑、紧张、愤
、沮丧、悲伤等负面情绪，如果出现这类情绪，要
会自我调整调适。二是做好隔离生活规划。无论居
隔离观察还是集中隔离点隔离观察，都不能离开房
否则就失去了隔离的意义。可以从起床到就寝，
一个作息时间表，并严格执行。比如，规划读几本
做一件平时没有大块时间来做的事，写写回忆录、
恋爱史、工作心得，还可以每天写一篇日记，记录隔
离期间的心路历程，等等。总之，虽然身体受到限制，
但要让自己心理和精神充实起来。三是保持与外界沟
通联系。隔离期间，不能会客，也不能聚集活动，更
不能和家人团聚，会感到很孤独。现在是信息互联网
时代，隔离不能隔心，隔离不能隔爱。可以用手机每
天定时与老人、爱人、朋友视频聊聊天，发发微信什
么的。同时，每天看新闻、看疫情动态，了解时事和
外面的世界，这样就不会孤独。四是学会在网上工作。
平时我们都是在办公室或车间里工作，进入5G时代以
后，网上办公一定会成为未来工作的主要模式，借此
机会，提前适应一下。可以结合自己的工作，如何开
展网上办公，做一些尝试，没准“因祸得福”，还会
有意想不到的收获……
最后，用钟南山院士的话，作为我的结束语：
“什么是道德标准的核心？简单一句话就是：无论做
什么事情都要想到别人。”（祝大家健康快乐平安！）
王佃宝
2020.2.16

楼长的一封信

# 争分夺秒

经开区的格林豪泰酒店被定为疫情防控隔离观察点。

在整个疫情期间，这里成为大量隔离人员临时的家。而许多人不知道的是，这家酒店之前一直处于长期闲置的状态。为了重新启

博大网信公司接到格林豪泰酒店改造任务后，火速调集公司骨干力量带队进行现场勘验

用酒店，亦庄控股旗下多家单位夜以继日地奋战在这里，接通管线、除尘打扫，使之焕然一新，具备了良好的接待条件。

## |供热速度|

要在春节假期期间启用一个几百间住房落满尘土、杂物堆积的建筑，第一件事就是要恢复供暖，而且只有一天时间。

时间计入了24小时倒计时！

1月29日，开拓热力接到了这项任务。从总工程师、自控工程师、设备工程师、电气工程师到换热站运行负责人、管网运行负责人等一系列专业技术人员，火速赶赴格林豪泰酒店。

技术人员立即对系统各个环节和设备进行细致的排查，王志刚和肖海旺两名年轻力壮的小伙子，把四层高的酒店上上下下跑了好几遍，对上百个房间的暖气片、阀门及管件等逐一排查，以消除漏水隐患。

数九寒冬里，肖海旺跑得大汗淋漓，王志刚累得双腿发酸，他们却丝毫没有放缓脚下的步子。

电器技术员贾贺去年由于腰部受重伤，身体一直行动不便。此时却弯着腰、蜷着身体在换热站里检查线路、更换损坏的电器元件，累得实在蹲不住了，便干脆坐在了冰凉的地上，手里的动作却不见放缓。

疫情防控期间，开拓热力 300 多名一线员工始终坚持每天到岗上班，做好供热保障

夜已经很深了，冷风吹过走廊，传来凄厉的声音，像极了恐怖片里的场景。但现场所有的人都像开足了马力的机器一样加速运转，顾不上周遭环境的阴冷，忘却了节日喜庆的氛围，心中只有一个执念——**为疫情防控多争取一些时间**。

寒冷的夜里，只有风声和维修工具的敲击声与他们相伴，现场的各环节都在紧张而有序地向前推进着。

1 月 30 日清晨，最初的一缕霞光透过窗户照在他们疲惫的脸上，热源准备就绪、水路准备就绪、电路及设备准备就绪！

总工程师一声令下，开始启动补水系统，观察压力，启动循环系统，末端排气，排查漏点，启动热源，观察换热系统，格林豪泰酒店的采暖系统终于稳定地运行起来了！一双双布满血丝却闪着光亮的双眼含着笑意。

2 月 12 日中午 11 时 30 分，开拓热力又接到格林豪泰酒店打来的求助电话，反映酒店内自管换热站有一处蒸汽管道泄漏，需要紧急支援。公司立即调配管网分公司、荣慧分公司十余人前往，协助其进行故障排除。

当时正值员工用餐时间，接到任务的员工就像听到火警命令的消防员，他们立即放下碗筷，拿起检修工具、穿戴好个人防护用品，驱车极速前往现场。

到达现场后，工作人员先进行问题排查，在找到准确漏点后，便开始精准施工，管网分公司在井室内关闭蒸汽管路阀门，荣慧分公司按照制定好的抢修方案，迅速展开施工作业，爬梯子、递工具，员工们上下联动、默契配合，有条不紊地进行着切割、焊接、组装等作业，几十斤重的阀门搬上搬下十分费劲，工作人员累得即便手腕控制不住地发抖，却依旧毫不懈怠地坚持着。

经过两个小时的奋战，在两家分公司的紧密联系和内外配合下，酒店快速恢复了供汽，保障了用户的正常用热。在这场没有硝烟的战争中，他们用实际行动温暖守护着一方百姓。

## | 建网速度 |

同样在格林豪泰酒店展现网络建设速度的，还有博大网信。与开拓热力专精于供热不同，博大网信还需要在假期期间协调华开有线和中国移动来进行配合。

1月31日，项目部经理甄挚听到消息后主动给公司领导打去电话："现在是假期，部门好多人家在外地，一时也赶不回来，在京的几名员工情况我都了解，家里孩子都小，都需要照顾，还是我去吧，作为项目部一名老员工，同时也是项目部的负责人，这事我责无旁贷。"

了解甄挚的人都知道，他的孩子才四岁，妻子春节前刚做完手术，正是需要他照顾的时候。但是关键时刻甄挚没有犹豫，他安顿好家人，当天下午直接赶到了酒店，迅速了解现场情况和隔离改造的具体要求。

尽管已经有了心理准备，但当甄挚在格林豪泰酒店巡查了一圈后，还是皱起了眉头。由于酒店已经废弃了很长时间，原有的网络设备都没有了。这次改造的要求，不仅需要对酒店200间客房及公共区域进行监控设备的安装和互联网覆盖，而且还要做有线电视和手机信号覆盖。

走完现场已经是晚上7点多了，回到公司，甄挚想起了管委会领导说的话："现在感染人数每天都在增加，你们要用最快的速度完成改造，能多快就多快，能早一天就早一天。"

想到这里，一种压力向甄挚袭来。他立刻连夜准备施工方案。因酒店无法提供电子版图纸，他就凭着自己多年的经验，结合现场情况，自己绘制了电子版图纸。然后开始计算所需设备数量，又一个一个地确定安装点位，再制定具体的施工方案，就这样一直忙到了凌晨。

方案做完了，心里有点底了，甄挚稍稍松了口气，看着办公室窗外的路灯，他又开始盘算着未来几天的工作安排。这时手机响了，“还没忙完？几点回来？”是妻子打来的电话。

甄挚加班加点绘制施工改造电子图纸

“你们先睡吧，太晚了，我明天一早还得去现场，今晚就不回去了。”办公室空调还没有恢复，甄挚就穿着羽绒服蜷缩在椅子上度过了一晚。

2 月 1 日上午，甄挚与华开有线、中国移动的相关部门进行沟通协调，约定当天带领两家单位的人员到酒店进行现场勘察。

看完现场，华开有线的人有些焦虑，他们问甄挚：“甄经理，我有个问题，如今我们单位和移动公司的工人都在外地无法返京，咱们方案做得再好，没有人施工怎么办呀？”

“不用担心，春节放假之前我就预感到假期后可能会有相关工程的需要，所以就提前跟施工单位做了工作，留了少量的工人没有放假离京，作为应急施工所用，现在还真派上用场了。”甄挚的脸上露出了久违的笑容。

施工方案确定了，工人也到位了，经过紧急采购，设备也完备了。2 月 3 日他们开始昼夜奋战，直到 2 月 5 日深夜，设备全部安装完毕。

仅用了 5 天时间，博大网信共安装监控点位 75 个、无线 AP 点位 39 个，完成了酒店互联网宽带的接入、协调合作单位实现了有线电视和手机信号的全覆盖，圆满完成了平时至少要两周时间才能完成的改造任务，得到了管委会相关部门的高度评价。

**“这就是战疫中的网信速度！”**

当甄挚再次聊起这事时说：“当 2 月 6 日撤出酒店那一刻，心中真的是百感交集，刚参与这个项目的时候，正是疫情最严重的时刻，其实心里也有些担心，万一被感染了怎么办。但是，从新闻中我看到很多医务工作者冒着生命危险去武汉支援，我就也有一种想要做点事情的冲动。”

当被问到：“整个项目进行期间，给你留下最深印象的是什么？”

工人们在寒风中安装监控设备

他说："除了时间压力和疫情压力外，印象最深的就是天气寒冷，冻得身上都疼，当时特别担心自己会感冒，真感冒了，连医院都不敢去。"甄挚笑了起来，这笑容背后是他对工作的执着与坚守。

在几天时间内，将一座拥有几百间住房酒店的基础设施重新启用，疫情期间，这种"不可能完成的任务"尤其考验一个产业新城运营商的战斗力。正如开拓热力的胡少恒所说，"面对疫情，我们没有请战书，但用户的一个报修电话、一处管线的漏点，就让我们立即进入'战斗状态'。"亦庄控股之所以不缺乏这样在关键时刻挺身而出的团队，皆因平日里"出则能战，战则必胜"的积累。

# 亦城八法

2 月 25 日下午，北京亦庄，亦城财富中心，钻石大厅。

亦庄控股
YIZHUANG HOLDINGS

入园区 要分流 人车分开效率高
进楼门 需测温 智能验证再通过
访客到 必扫码 洽谈专区更安全
缓冲区 勿紧张 精心服务有温暖
勤消毒 有记录 口罩收回要统一
宣传好 提示明 企业支持最重要
双楼长 责任清 签订承诺应履行
精细化 零感染 党员带头我先上

项目经理张国红拿着手机，神情专注地翻动着网页，光明网、人民网北京频道、大众网……手指滑动之处皆是关于“亦城八法”助力商务楼宇防疫的经验介绍：

“亦城八法”共 8 条，每条 13 个字，全文 104 字，他早已烂熟于心。但当这些文字从日常工作的文件中变成新闻稿件时，他还是感触良多，毕竟这每一个字都是他和他的团队——一群和他一样坚守防疫一线的亦庄控股人，共同的经验总结。

亦庄，作为首都全国科技创新中心“三城一区”中的“一区”，共有企业 2 万余家，商务楼宇作为企业复工复产的“大本营”，防疫工作重任在肩。实现标准化、规范化、智能化，是商务楼宇防疫工作的目标和重点，更是实现“企业安心复工、员工安心工作”的必选动作。

亦城财富中心，位于亦庄的核心地带，是亦庄商务楼宇的代表。亦庄控股集团旗下亦庄置业公司作为楼宇的服务管理方，自疫情发生以来，全力以赴、日夜奋战，出实招、用真招，总结提炼出商务楼宇防疫工作的“亦城八法”，为楼宇企业复工筑起安全防线。

面对突如其来的“新冠疫情”，这是一场敌暗我明的战斗。疫情不明，防疫工作更是无章可循，只能摸着石头过河。亦庄控股旗下的所有园区都是在实践中逐步完善防疫举措，亦城财富中心的工

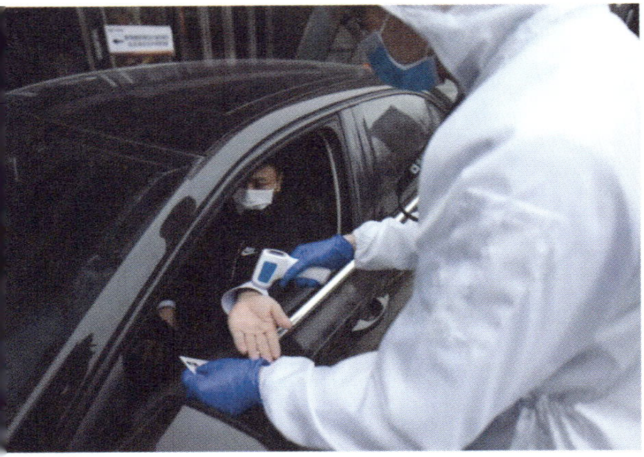

作人员当然也不例外。

如何管控进入楼宇的人流、车流？

如何能在不影响入驻企业工作的情况下迅速完成测温登记？

如何对访客进行登记管理？

遇到特殊情况如何紧急处理？

如何保证消毒工作不遗漏，又不重复？

如何保证每一层的防疫工作都能准确高效地完成？

……

问题一大堆，一步都不能错，但经验却无从谈起。久经考验的亦庄控股人从来就不怕面对问题，问题多，就一条条解决，实践出真知，边干边完善。

于是，他们根据商务楼宇的实际情况，结合进出人员的行踪路径，对每一个环节进行“防疫”管控。利用人车分流入园，提高了效率，避免了人车同行、扎堆检测；采用全智能检测登记系统——高分辨水平的人脸识别系统和远程红外测温仪，免去了进楼时还需要进行

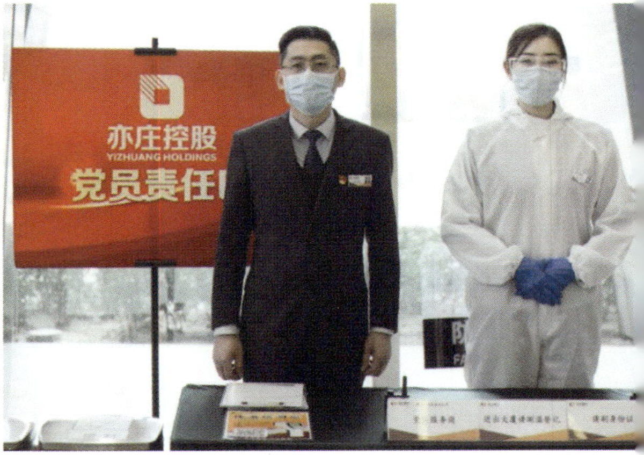


人工登记测温的“繁琐”程序，即使是上班的时间节点，亦城财富的大堂内也是一派井然有序的场景；通过设立临时洽谈区，既解决了防疫的问题，又为访客提供了舒适的环境；通过对消毒频率、时段、工作时长的精细化管控，准确解决了园区消毒的问题……

问题解决了，为了让好的做法固化、让好的经验复制，让更多的园区防疫人员都能标准化、高效率地完成防疫工作。“亦城八法”就这样从实践中落墨于纸上，成为亦庄控股旗下所有商务楼宇共同的防疫举措。

从实践中来，再到实践中去。再好的办法举措，还得有一个高素质的执行团队。

张国红说：“我是2000年入党的，今年整整20年，在这次疫情中，我们公司把临时党支部建在了项目上，把党员责任区设置在关键环节，我是党员我必须带头，这就是我们亦控人对企业的承诺：**复工，请安心。零感染，是我们的目标！**”

“亦城八法”，法在人为。

截至 2 月 25 日，仅亦城财富中心一家就有 31 家企业安全复工，复工人数达 1100 余人，超过了整个园区企业人数的半数以上。

“咬定青山不放松”“不破楼兰终不还”。亦庄控股人就是以这种韧劲和拼劲，沉下心、扑下身，攻坚克难，迎来了一个又一个胜利。

而“亦城八法”也经过媒体的广泛报道，逐渐被北京市，乃至全国更多的园区管理者们知晓，成为更多楼宇企业未来迎战疫情的有力武器。

# 水火亦有情

病毒是一个看不见的敌人，总会在不经意间给人致命一击。面对突如其来的新冠疫情，切断其来源、不接触才是根治之道。于是，“居家不出”成了防疫的重要举措。而当所有人都居家隔离的时候，基本的生活设施保障就成了重中之重。作为亦庄控股旗下两家城市运营保障企业的亦庄水务和开拓热力，在这场无声的战疫中，为经开区数十万民众交上了

上百支试剂瓶的清洁、消毒工作是疫情期间郝雪工作的重中之重

一份浸满汗水的优秀答卷。

## | 一池清水写担当 |

“我来吧！”简简单单的三个字，却是郝雪在疫情期间说得最让人动容的话。

当同事魏新鲜因为疫情被困家中，无法返京参与防疫工作时，她说：“现在疫情很严重，你就安心在家，工作的事儿，我来吧！”

春节期间，同事的孩子生病住院了，需要妈妈请假照顾。面对艰巨的防疫工作，她还是平静而坚定地说：“我家离公司近！我来吧！”

作为亦庄水务的检测技术负责人、实验室的顶梁柱，整个春节期间，郝雪每天“全副武装”，检测、记录、整理，填报数十张表单，清洗上百支试剂瓶。为了大家的安全，她每天在实验室仔细消毒，一遍又一遍地用酒精擦拭用过的检测仪器，从早忙到晚。整个春节期间没有陪家人吃过一顿团圆饭。

郝雪只是亦庄水务的一名普通员工，但她身上的迎难而上、勇于担当的精神体现的正是亦庄水务人共同的品质。

说到亦庄水务，他们的工作就是让生活中那些漂浮着垃圾、浑浊不堪的水，通过水务水厂的多道工序变得干干净净。

经开区有许多信息技术高端企业的生产用水，就是亦庄水务处理过的再生水。从最初的再生水项目部，发展到两座再生水厂，五座污水处理厂，亦庄水务生产的再生水已累计超一亿吨，经开区工业用水的一半以上都来自亦庄水务。

考虑到春节假期结束，北京将迎来“返京潮”。做好前期返京人员排查工作可阻断病原传播，能有效遏制病毒的传染。经开区工委、管委会根据区内具体情况，设立两处备用疫情留观隔离区，应对假期结束后，区内大量返京人员可能造成的疫情变化。

亦庄水务临危受命，主动承担了隔离区生活污水的处理任务。虽然正值春节阖家团圆之际，但水务人深知责任重大刻不容缓，公司领导立即亲临现场坐镇指挥，安排设备运输、设备吊装事宜，运行班组依靠对设备深刻的了解及娴熟的工艺技术，快速解决现场问题，并对设备进行安装，经过短短 12 小时的共同努力，两套设备安装调试完毕，保障了隔离区的污水处理万无一失。

自新冠肺炎疫情防控阻击战打响以来，亦庄水务公司的所有污水处理厂始终处在疫情防控第一线！随着疫情形势的逐渐严峻，各污水处理厂都加强了生产安全防护，细化了一线作业防控措施，制定了工作方案和应急预案，增加了进水余氯监测指标，优化了工艺参数，提高了排水的卫生学指标，充分保证了疫情期间区内的工业用水安全。

安全之桨

亦庄控股
党员责任区

## | 一股暖流书奉献 |

“喂，黄经理，市政 6709 井室井盖冒汽，有大量蒸汽泄漏，赶快安排人员前往抢修！”4 月 27 日 19 点，开拓热力管网分公司经理接到调度中心打来的电话后，立即组织应急抢险队 13 人，由公司及家中急速赶赴事故现场，进行排查抢修。

经检查，该区间市政蒸汽的使用涉及一家制药企业，正值疫情期间，制药生产是重中之重，需尽快恢复该企业的正常生产用汽。在停汽后的短时间内，井下及管沟内仍有大量蒸汽，这时管道内闷热、潮湿的指数持续飙升，但环境并没有影响抢险队员，他们立即佩戴安全设备进入井下，争分夺秒对井盖冒汽原因进行排查。负责该区的工段长于合健意识到停汽已经为制药企业带来了损失，特向上级报告，将原定五一期间检修的工作任务在本次抢修中一并抢了出来，避免因再次停汽造成损失。

4 月 28 日零点，工段长于合健从井下钻出来，用沾满了灰尘及铁锈的手擦了擦汗说道：“今晚大家伙儿都辛苦一下，为了尽快恢复用汽，我们必须连夜抢修！”这时，他已连续抢修作战 36 个小时。

4 月 28 日 19 点，经过 24 小时的不间断奋战，终于成功为企业恢复送汽。忙完后续的收尾工作已是 23 点了。

事实上，开拓热力 300 多名员工在这次疫情防控中都以各种不同的方式贡献着自己的力量。

“喂，经理！我这里找到了100斤84消毒液，我知道咱们公司现在急需这些消毒用品，我已经把消毒液放到办公楼门口，无偿捐给公司。”“我也不知道自己能做些什么，只是希望尽自己的绵薄之力，为公司提供一些支持。” 最闪亮的是星夜里的眸光，最动人的是灾难时的义举。作为开拓热力的一名普通员工，李承蕊无私的举动，让客户服务中心经理蔡林媛的心里充满激动与温暖。

开拓热力作为经开区的基础设施单位、供热主体企业，承担着307家企业用户和36996户居民用户的生产、生活用热服务保障工作，面对突发而至的疫情，公司全体党员、干部、职工，在抗击疫情的特殊时期，无论疫情如何发展，从未有半分退缩。300多名一线员工，每天始终坚持正常按时到岗上班，做好供热保障。

**挥汗如雨不怕脏，只为千家万户灯火亮。**

疫情期间，保障城市基础通畅运行没有退路可言，水务和热力，两家亦庄控股的子公司人，他们不像医生、护士、机场、楼宇的防疫一线工作人员，他们的工作默默无闻却又举足轻重。

**他们是战士，国有难召必回；**

**他们是工人，力能扛鼎心系万家；**

**他们就是平常里兢兢业业，危难时显英雄本色的亦庄控股人。**

# 不同的地点，同一份热血

人生中总有一些画面会定格成永恒！

在新中国成立 70 周年庆典上，魏新鲜高举双手，挥舞着党旗和鲜花走在“从严治党”方阵里！这一刻，是魏新鲜最自豪的一刻，也是全体亦庄控股人骄傲的一刻。

荣誉的背后，是党和国家的重托，是无私的奉献和无畏的付出——这一点，魏新鲜知道，博大坤元的贾坤知道，博大建设的朱辉也知道，每一个战斗在防疫一线的亦控人都知道。

## |“管委”支援|

“行，没问题！”2 月 7 日晚上，当博大坤元的贾坤突然接到公司领导派他去支援管委会防疫的电话时，没有片刻犹豫，他坚定地回答道！

第二天不到 7 点，贾坤就赶到了单位，可公司领导们早已守候

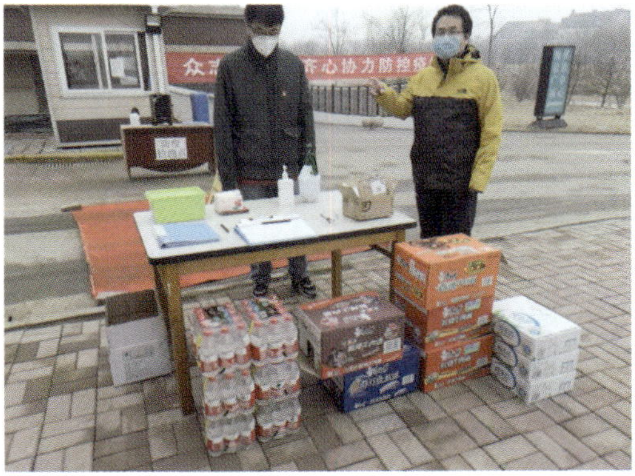

贾坤驻扎在防疫一线，面前是公司准备的物资保障

在那儿了。看着公司为他准备的物品，他心里一阵发热。

“我自己都准备了。”贾坤举了举手里的包说。

“防疫不是小事，是人命关天的大事。你去防疫一线，我们就要把你保护好。家里有什么困难，我们帮你解决。”公司蔡书记关切地说道。

看着摆放整齐的口罩、一次性手套、防护眼镜、袖套，甚至还有毛线帽子，贾坤顿时倍感责任重大，他庄重地对大家说：“放心吧，我不会给坤元丢脸！”

贾坤的妻子身体不好，此时正需要人照顾，他父母也是年岁已长，即便如此，一家人还是都支持贾坤去防疫一线。

在他跟随建设局累计检查的 73 个项目中，共发现防疫问题 167 个、其他生产安全问题近 300 个。防疫措施及时得到了整改，减少工人之间被感染的风险，让大家更加注重防疫的重要性，也让复工防疫工作进行得更有条理、效率更高。

“我尽到了职责。”贾坤有些腼腆地说。

“尽到了职责”这五个字的后面，是亦控人每日每时每分每秒的辛苦付出。

## |“荆楚”请缨|

博大建设的朱辉是湖北省天门市人，疫情发生后，他主动请缨成为一名防疫志愿者，全力支持当地的疫情防控工作，从走上抗疫前线的那天起，便一直坚守在岗位上。

天门市是当时湖北疫情较为严重的几个地区之一，朱辉所在的李咀村更是疫情防控的重中之重，这里曾出现过的确诊病例，距离朱辉家仅有几百米。在这种情况下，朱辉不顾个人安危，依然主动到村口执勤点及确诊病患居住地周边执勤，并协助相关人员进行消毒。

朱辉在荆楚大地上书写使命担当

为全面掌握村民的基本信息和生活轨迹，朱辉上门走访，对1504名村民的情况悉数进行摸排登记，为村里的疫情防控工作奠定了基础。

**“有时候会怕，但是从没想过退缩！”**

入户摸排就是与无处不在、无声无息的潜在危险做斗争，朱辉在这场没有硝烟的战场上一心向前，从未迟疑。

化解矛盾，是朱辉工作的另一个关键。

疫情期间，村里出现多起群众矛盾。每当这时，朱辉就会主动上门进行劝说，疏导村民情绪。在他的带领下，村里成立了志愿服务队，直接对接村民的物资采购需求，并将购买的物资运送到村民家中，极大地减少了人员流动，降低了传播风险。

当自己的家乡身处风暴旋涡，亦控人朱辉无畏地站在了全国防疫的最前线，在荆楚大地上书写使命担当，用实际行动彰显了无处不在的亦控力量。

## |“齐鲁”奋战|

2 月 5 日至 7 日正是山东省莲池村最冷的时候，天空飘着雪花，亦庄水务的魏新鲜的眉眼都挂满了白霜，但寒冷丝毫没有影响她服务村民的热情。

每当有村民进出，她都会细心登记信息，记录数据，对于个别不配合工作的村民，她也是耐心劝导，向他们讲清楚配合防疫工作的重要性。她的无私奉献精神感动了当地的父老乡亲，更感动了百

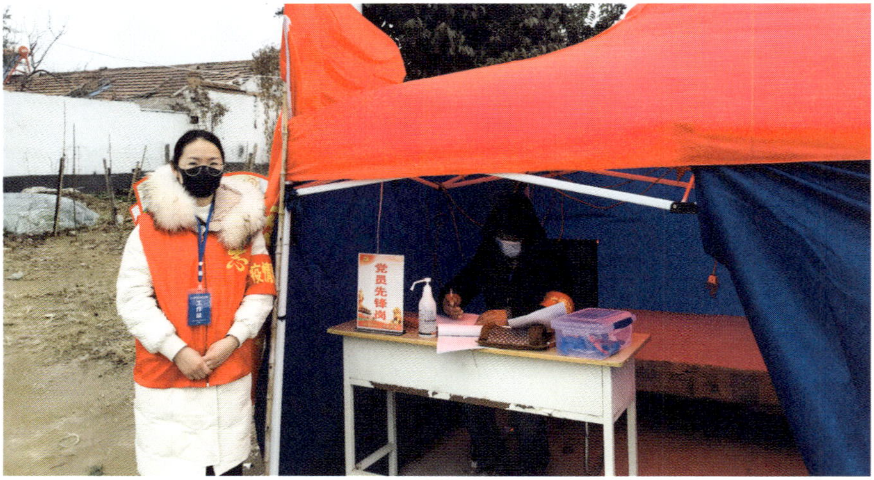


村口临时搭建的帐篷成为魏新鲜守住的第一道防疫之门

里之外的亦控人。

在疫情防控的关键时期，村民们都闭门不出自我隔离，春节在家的魏新鲜身体力行，全力支持村里的防控工作。

作为一名共产党员，魏新鲜用行动和信念守一方热土，保一方平安。她只是集团千百个党员的缩影，在疫情防控工作中，每个党员都是冲锋陷阵的战士。

战疫一线践初心，危难时刻显担当。

亦控人无论身处何方，都不忘初心，牢记使命。面对疫情危机，哪里有危险，亦控人就冲在哪里，不惧风雨、不辞辛劳，用青春的热血和汗水护佑祖国大地的祥和平安。

# 防疫一线的物业人

北京，2 月 14 日，气温骤降，刺骨的寒风漫卷着大雪呼啸而来。

一大早，杨海洋正带人清理园区主干道积雪，对讲机里传来了呼叫：

“杨经理，我是西一门测温岗，测温枪坏啦！”

“收到，你们先用备用测温枪，我马上过去。”

他急忙赶到西一门，拿起测温枪一看，果然“罢工”了。根据经验，他判断可能是由于室外温度太低造成的机器失灵。于是他毫不犹豫地把冰冷的测温枪放进了羽绒服的内兜，对门岗说：“我都忙出汗了，测温枪先放我这暖暖，恢复正常了给你们送过来。”

说完，他又和同事们继续进行园区主干道积雪的清理和重点区域的消杀工作。

看着测温值守人员被冻得通红的脸，他说：“你们盯好岗，我开车去买暖手贴。”

疫情期间商店大都不开门了，在转了几家商场后他终于买到了暖手贴。他让门岗人员用暖手贴以防冻伤手，同时也给测温枪贴上，免得再次“罢工”。

这些琐碎细致的工作就是杨海洋和他的同事们在疫情防控中的日常，也是亦庄置业大家庭每一位一线物业人员不惧风险、无私奉献、忘我工作的日常。

在长达数月的防疫工作中，分布在无数个居民社区、工业园区、商城商厦里的是这些兢兢业业、默默无闻的物业人员，是他们不舍昼夜地坚守在人流密集的每一个出入口，测温、扫码、登记……保障了整个经开区的安全。

面对来势汹汹的疫情，他们是园区的守护者；面对复杂局面，他们是难题的破解者；面对部署要求，他们是有力的执行者；面对使命职责，他们是忠诚的担当者。

广场、办公楼前到处都能看到亦控人防疫的身影

每一个坚守在防疫一线的物业人员就是一道防疫屏障。

李晓龙坚守在防疫一线

大年初二，亦城科技中心的安全经理李晓龙，在得知疫情暴发后第一个返回岗位，在人员紧张的情况下，他身兼园区企业防疫监督员、上传下达信息联络员、员工情况排查员、企业复工服务员，迅速摸清了园区内 17 家企业的 389 名离京人员的全部信息。

一线测温值守、完善防控方案、制定应急预案、组织应急演练；每天详细检查，确保每项防疫工作落实到位；积极对接园区客户，了解需求，解决问题，向客户宣讲防疫政策和知识……工作似乎永远也干不完。

亦城科创家园项目，进出人员多，管控难度大，急缺人手，刘子琛得知消息后，主动请缨到项目一线支援。他说："我父母是党员，也在防疫一线，我们一家都在防疫一线才对。"这一干就是三个月，"5+2"和"白 + 黑"已经成了他的工作常态。白天他在公司为各项目运送防疫物资，发放防控方案，晚上他坚持在项目入口测温、登记。

这样的例子太多了，在地下车库、测温区、垃圾清运区、电梯轿厢等“病毒高危区”，他们不放过任何一个死角；在高频触点，电梯厅、楼梯间等公共区域，他们反复清洁消杀。

众一心 坚定信心 科学防控 战胜疫情
坚定信心 同舟共济 科学防治 精准施策
临停车
入园后
测温
北京经开

请您配合停车
接受体温检查

有一次，业主张阿姨的女儿突然身体不适，居家隔离的张阿姨十分着急。东区公租房的一线客服人员樊艳丽得知后，二话不说就奔向了药店……可多少次，当她和同样身为物业人的丈夫，拖着疲惫的双腿回到家时，看到的是歪倒在沙发上6岁的儿子，手边还捏着咬了一半的面包。樊艳丽心疼孩子，实在心疼到忍不住的时候，就一个人躲起来抹眼泪。

但是她更知道，防疫工作涉及千家万户，这些家庭中有更多像她儿子一样的小朋友。所以在这个关键时刻，她只能选择委屈儿子。

他们每个人的身上都有无数个感人的故事，这一平凡群体背后，让我们感受到的是最温暖的力量。他们不是医生，但他们要让病毒无所遁形；他们不是专家，但他们要让疫情止步于园区之外。他们只是普普通通的物业人，面对病毒也会害怕，但绝不退缩。正是因为有了这一切，才让我们的园区得以平稳运行，才让企业可以安心生产，才让职工足以放心工作。

# 守护“兵工厂”

一场战争的胜利，需要前线将士奋勇拼搏，也离不开后方保障的及时有效。如果说前方衣披铠甲的医务人员是最美逆行者，那么经开区生物医药园的园区企业，就是“兵工厂”。

兵马未动，粮草先行。要想控制住疫情，就要快速确定感染者，这就需要大量的检测试剂盒。亦庄控股旗下生物医药公司管理的生物医药园区企业的产品之一，就是试剂盒。做好医药园的防疫工作，就是为了保障作战的武器源源不断地送上抗击疫情的前线。

在这次疫情中，医药企业成为重中之重的决胜力量，必须保证他们能在病毒的侵袭中身无旁骛，全身心地投入到产品研发和试剂盒生产中，生物医药公司的保障作用尤为凸显。

当公司领导把这层意义讲给郭翯丰时，他立刻就感到了肩上沉甸甸的责任。园区共有 186 家企业，3042 名在职员工的离京、返京日期、湖北居住史、健康状况、住址、电话等信息要逐一摸排，工

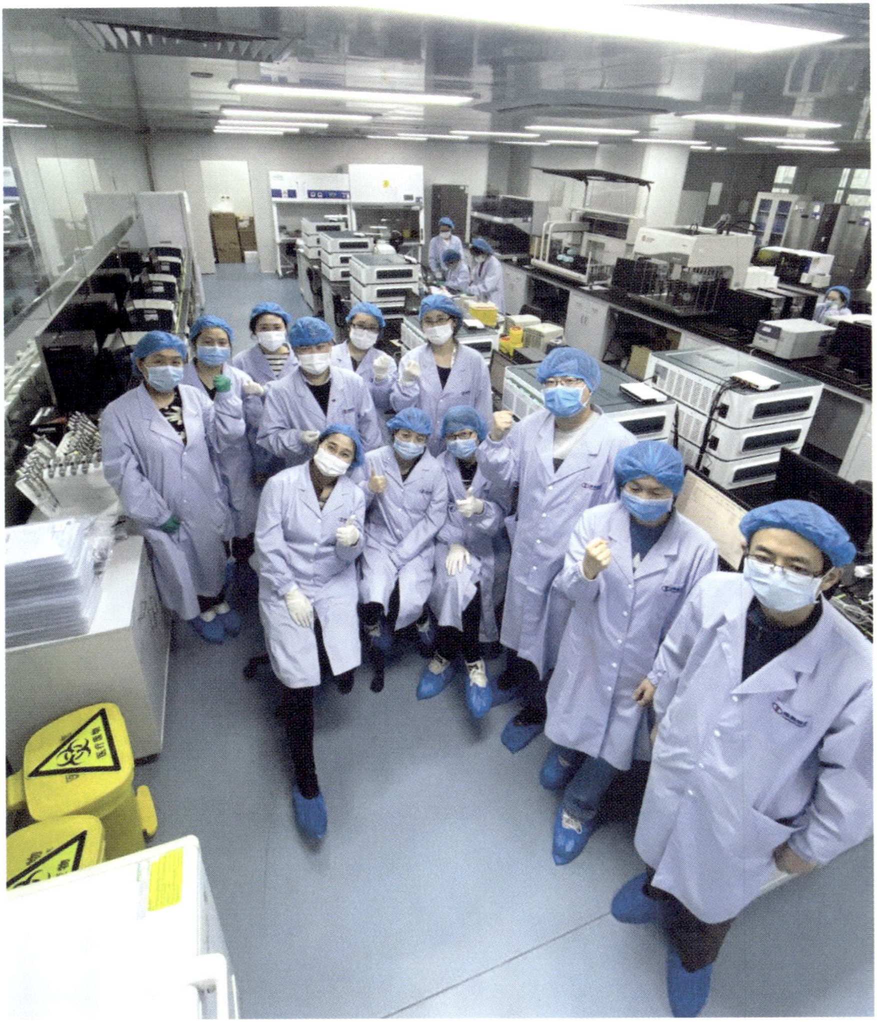

园区博奥生物科研团队

作的艰巨程度可想而知。

郭磊丰对领导说：**“我是党员，疫情一天不消失，我就一天不撤退！”**

平时就认真负责的他，非常熟悉园区客户情况，仅仅用一顿饭的时间，涵盖所有园区企业联络人的微信超级大群就被迅速建立起来了。

从大年初一起，每晚 11 点他都固定在群里传达防疫通知，发放表格，督促企业快速反馈信息。因为随时要接听客户反应的防疫情况，晚上睡觉时郭磊丰手机都是铃声模式，这让他很难睡一个完整的觉。

偶尔，他也会遇到一些突发情况，导致部分信息收集不到。但他深知肩负的重担，不能让这个“兵工厂”有任何的风险。为了能够保证反馈数据收集的准确及时，他甚至一晚上打十几个电话，就为了能赶在第二天上午 9 点前，将信息总表反馈至公司的防疫指挥部。

为了让园区企业安心返岗，顺利复工，郭磊丰逐一联络提前复工的企业，了解企业需求和难处，协调物业，确保能源、物资的供应。在中小微企业租金减免政策出台后，企业需要提供大量减免房租所需要的证明材料，本着方便客户的原则，郭磊丰的材料尽可能地自己找，不再麻烦客户。

他联系园区客户，制作租金减免协议，签订合同后上交至集团。

遇到材料不齐全的时候，为了让企业享受到这次减免，郭晶丰会一次次地去集团和区国资委补充材料。在郭晶丰和同事们的共同努力下，先后两次为149家中小微企业，减免租金共计1862.37万元。为制造战胜疫情医药武器的企业，添柴加火。

在疫情期间，生物医药园进一步深化了“企业管家服务”，把对客户的服务和信息的收集结合专业、产业、空间、资本以及和客户的交互，用更立体、更全面的智慧化手段来实现。

终于，大家的努力得到了回报，园区的一家企业研发出了新型冠状病毒核酸检测试剂盒，获批上市，迅速应用到了防控一线；另一家企业研发出为新型病毒构建的基因文库，提供公益测序检测和信息分析。

在新发地聚集性疫情发生以后，园区的两家企业承担起生产核酸检测的重任。为避免人员聚集，降低传染风险，生物医药园公司多名党员主动承担起疏导工作，保障了核酸检测顺利进行。

疫情期间，生物医药园是集团最为关注的园区之一，园区企业的研发能早一天取得突破，就为这场战疫的胜利增添力量。同样，为保证经开区各园区都能够尽量复工复产，亦庄控股开展了一系列的防控和应急处置措施，党员干部和职工群众在各条战线上协同工作，成为经开区防疫战场上最坚实的保障。

亦庄控股
YIZHUANG HOLDINGS
战“疫”亦线
张艳红
王同军
于晓东
张哲
封飏
邵秀丽
程万里
陈琳卓
于海龙
叶辉
耿斌
赵延标
武全利
许辛
周宇翔
郑意达
张京诺
吴鹏
赵柏森
蔡林媛
薛亚洁
邓新民
张宏
梁劲达
张志祥
鲁婉莹
靳洋
高磊
秦元高
刘琬
高萌萌
李铁涛
韩国义
李墨迪
夏晓喆
徐丹
袁龙
史韡
郭子豪
刘长红
胡斌
田杰
苏顺凯
吴倩
孟妍
汪正明
杨秀娇
麻永刚
刘凯
王洪勋
张秩铭
小占胜
席宏杰
李杨
姚曼
吴倩
王洋
刘江林
牛羽桐
王宏
赵泉林
方圆
王春玲
宋杰
徐春艳
田杰
吕珀华
孙红
唐新平
陈红梅
果连凤
包佳鹤
王莹
田雷
高四龙
孟媛
徐雪
许瑞莲
焦志祥
王英杰
孔杨
谢忠亮
蒋玉明
张龙
姜玲玲
向亦庄控股全体战斗在一线的
党员群众
致以最崇高的敬意
众/志/成/城 抗/击/疫/情

RAININ

这次疫情，使得园区内的医药企业成为重中之重的决胜力量

# 抗疫日记

这是一组亲历者下沉一线的战疫日记，真实还原了疫情防控工作的细致与认真。记录者的笔，如同摄像机的镜头，使战疫中的艰苦努力、温暖绽放、无畏坚守的情怀，都以动人心魄的方式呈现在我们面前，引人深思，令人感动。

## | 靠近你　温暖我 |

疫情期间集团专门成立疫情防控现场指导组，指导青年公寓、永康公寓、E14 公寓等返京人员聚集区域的疫情防控工作。指导组成员张学才在不辞辛劳奔赴战疫现场的同时，也记录了抗疫一线的点点滴滴。

### 2 月 2 日　星期日　小雪

早上来到公司，赵主任见到我便传达了集团党委的意见，由谢瑞征主席任组长，刘江林和我为组员，组成疫情防控现场指导组。

听到这个消息，我的内心既紧张又振奋，终于可以去到防疫前线，为大家尽点绵薄之力了。

消息很快就传开了，同事为我们安排了专车，当看到消过毒的专车和车内整齐的口罩，我们很感动，也很清楚，无论何时何地，大家始终在背后默默支持着我们。

上午 10 点，我们来到青年公寓与相关负责人商讨下一步工作。

11 点，我们带着青年公寓的管理人员来到永康公寓参观学习。

12 点，从永康公寓出来后，我们直奔 E14 公寓检查防控工作，回到单位时已经是下午了，我们匆匆吃过午饭便开始多方沟通，为公寓制作宣传横幅标语等防疫物资。

鲜艳的锦旗是对小组成员的最高嘉奖

回家时，天已经黑了，我们顺道把横幅送到青年公寓。紧张忙碌的一天就这样结束了，望着斑驳的星光，我在心里默念，希望患病人数不要再增加了，一切都快点好起来吧……

## 2 月 3 日 星期一 晴

早上我们来到青年公寓时，就看到集团领导已经在“缓冲区”现场检查防疫工作了，语气温和，言辞谆谆，让料峭春日少了些许寒意。

短短两天内，就有4位集团领导来到公寓检查防控工作，看到他们认真地检查，细心地部署，我的心里涌上一股暖流。青年公寓是员工们的家，集团领导为了让大家住得安全，住得舒心，一遍遍检查，一遍遍落实，让我深深感受到了集团对员工的关爱。

晚上，我们连夜把两天的做法写成了总结，躺在床上时已经是深夜了，回顾一天的工作虽然累但却精神抖擞。因为我们深知战疫一线，一刻也不能等，因为我们身后就是经开区的老百姓，他们需要我们做好支撑。

## 2月4日 星期二 多云

每天醒来第一件事就是刷新疫情动态，一串串数字触目惊心，在这个关键时刻，我们丝毫不敢掉以轻心。针对当前工作中存在的问题进行梳理并督促改进是我们的工作重点。

随着工作日的来临，大批来京工作人员正赶往自己的工作岗位，上报及时、准确的防疫信息越来越关键。上午，我们联合三家公寓召开了碰头会，有效解决了信息上报慢、协调沟通不畅的问题。

物资保供是我们时刻惦记的另一个关键，大家都在为防疫物资跑前跑后，刘江林还把自己家的保暖贴送给大门口值班人员御寒，战疫“亦”线，大家都在冲锋。

下班回家才知道今天就是立春了，在手机上看到很多关于立春的说法，我不迷信，但我和大家一样，期待着春暖花开……

## |退伍不褪色　换装不换心|

2020 年 2 月 3 日，亦庄控股疫情防控志愿者按照经开区工委组织人事部和集团党委组织部的要求，积极深入一线协助配合经开区科技创新局进行园区督导工作。博大世通的直达作为志愿者团队的一员，在抗疫一线忙碌奔波的同时，也记录了战疫过程中的暖心事儿。

### 2 月 2 日　星期日　小雪

晚上 9 点，公司团支部书记郑天光在群里发布了一则招募志愿者的消息，看到消息后，我毫不犹豫地报了名。抗击疫情是国家当前的首要任务，作为一名入党积极分子，一名退伍军人，我愿意在国家危难之时冲在一线，践行“若有战，召必回”的誓言。作为第一批报名的志愿者，我既激动又振奋，终于可以为疫情防控尽点绵薄之力了，这让我感受到了自身的价值。

我被派驻到嘉捷科技园，初到园区时企业还尚未复工，对于防疫工作我也有些手足无措，于是我便向负责人了解了园区目前的情况，并熟悉园区环境。那天我的任务是登记核对防疫物资，工作虽没有难度，但丝毫不敢马虎，因为疫情防控无小事，防疫期间的每件事于我而言都是大事。

## 2月7日 星期五 多云

公司受经开区管委会委托临时成立了“党员突击队”，专门从事采购、发放防疫物资等工作。得知消息的当晚，我就写下了《抗击疫情请愿书》，请求加入“党员突击队”，希望为这场物资保卫战贡献一点力量。

“无论何时何地，都要顾全大局，坚决执行”，这是写在请愿书里的话，更是我的心里话。此后，无论白天多累，晚上我都会参加公司的防疫部署工作，无论忙到多晚，我都会第二天一早准时出现在园区门口进行防疫工作检查，日复一日的防疫工作让我忙碌而又充实。

## 2月20日 星期四 晴

上午，我像往常一样在园区门口对出入车辆进行测温登记，当其中一辆车降下车窗时，我的心里又惊又喜，我认得那双炯炯有神的眼睛，是郑天光书记来了，当他从车上走下来时，我注意到这段时间他消瘦了不少。

直达每天守在园区门口进行车辆登记

“一定要保护好自

己，公司永远是你们最坚强的后盾”，虽然隔着一定距离，但依然能够感受到书记的热切关怀。随后，他拖着疲惫的身体把后备厢里的防疫物资交给了我，在疫情防控的关键时期，公司协调这批紧缺物资一定很不容易，望着口罩和消毒液，我的眼角不禁湿润了。

“军人退伍不褪色”，20岁那年，指导员帮我摘下帽徽时说过这句话，在我递交入党申请书时，在部队工作过的王安珍经理也对我说过这句话。对我而言，脱下军装，我依然是军人。如今，国家有难，我有责任、更有义务站好这班岗，直到抗疫胜利，直到彩彻区明！

## 有一份热　就发一份光

亦庄控股疫情防控志愿者按照经开区工委组织人事部和集团党委组织部的要求，积极深入一线协助配合经开区科技创新局进行园区督导工作。开发建设的许辛作为志愿者团队的一员，在不辞辛劳奔赴抗疫前线的同时，也记录了战疫过程中的点点滴滴。

2月2日 星期日 小雪

晚9点40分，陈雷书记在公司团支部群内发布了一则招募志愿者的消息，情况紧急，要求在10点前完成报名。自疫情发生以来，看到那些积极赶往疫区的医护人员，内心都深受触动，希望也能为疫情防控尽些绵薄之力。所以得知消息时，我的头脑中只有一个想法——我要报名！

“国家有难，匹夫有责。”这是我在群里说的话，也是内心的真实写照。

当成为第一批报名的志愿者时，既激动又振奋，终于能在不同战场，共同战疫了，组织在召唤，作为一名党员，我要在青年面前发挥带头表率作用。

### 2月4日 星期二 多云

我们被派驻到天骥智谷园区，初到园区，各家企业尚未复工，对于防疫工作，我们也有些茫然。这两天北京下了两场大雪，看到只有少数值班人员，我们便主动承担了园区扫雪的工作，当我们从物业人员手中拿过雪铲时，他们连忙推辞，认为这些粗活不适合我们做，“我们是志愿者，你们的活就是我的活”，听到我说的话，他们稍稍放下心来，并为我们介绍园区的情况，就这样，我们与园区工作人员渐渐熟络了。

### 2月15日星期六 晴

园区企业陆续复工，入园人数一天天增多，门岗的保安人员在应对早高峰入园检查时渐渐力不从心，我们便接手了证件检查、体温测量、维护秩序等工作。

开始时，很多员工认为防疫检查是小题大做。每当这时，我们

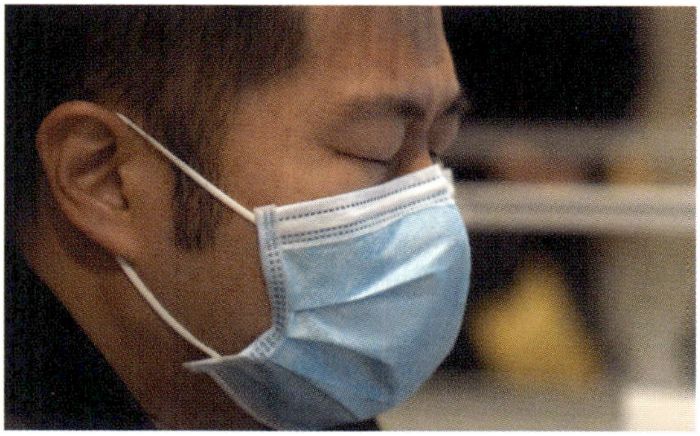

在长时间对着电脑后，闭目调整的许辛

都会耐心劝导，在一遍又一遍地解释下，他们逐渐理解了我们的工作，到了检查岗，他们会主动降下车窗，伸出手臂，配合测温。在大家的共同努力下，各项防疫工作都步入了正轨。

2月17日 星期一 多云

今天，看到一起工作的姑娘眼泪汪汪，我问其缘由，“保安大哥的口罩都磨破了，太不容易了”。其实，我俩想到一处去了。于是，我们把平日单位配发的口罩拿出一部分给了物业公司，嘱托他们发给保安人员，因为防疫一线工作需要他们。

2月21日 星期五 小雪

今天上午的事儿，现在想想依然心有余悸。我正在物业办公室查询数据时，看到物业经理正握着电话，神情紧张地看着我，我暗下思忖事情可能不妙。果不其然，走出办公室后，他神情凝重地告诉我，“公寓里有个姑娘发烧了”，我们立刻赶到现场拨通电话，询问了身体情况，并做了安抚工作。

随后，公寓一名管理人员自告奋勇前去引导该人员离开，拨打急救中心电话、喷洒消毒、加派人员、汇报情况……在完成一系列流程后，我们能做的只有等待。就在这时，我的搭档打来了电话，因为不放心要来现场看看。

“你听我的不要过来，如果我出事了，后面的工作还有你”，我急切地说。不久，救护车到了，就在我嘱咐管理人员时，突然听见了熟悉的声音，她还是来了。

“别过来”，情况危急，我只能大声地喊过去，看到她没有继续向前走来，我的心才放下来。

当目送救护车离开时，我们的心情都很沉重，等待消息的每分每秒都十分煎熬，不知过了多久，医院那边传来消息——“不是”，这两个字是我那天听到最动听的话，大家绷紧的神经终于放松了，喜悦之情溢于言表。

高兴之余，我们又协调了一辆车把发烧的姑娘接回来，即使出门在外，也希望能给予她家一般的温暖。

从奔赴抗疫一线的第一天起，集团领导和公司领导对驻派同志的关心就让我倍感温暖，他们总是叮嘱我们“一定要保护好自己，公司永远是你们最坚强的后盾”，寥寥数语却铿锵有力。

集团党委组织部的同事们更是在物资十分紧缺的情况下，想尽办法为我们送来了消毒液、口罩、护目镜等防疫物资，这些细致入微的关爱让我深知自己并不是孤军奋斗，领导和同事始终是最亲密的战友。

“国家有难，匹夫有责”，这句话一直都在我耳边回响，作为一名中国人，为国家贡献力量是我义不容辞的责任。

## |逆行的人|

由10名亦庄控股团员青年组成的青年志愿队，按照经开区工委组织人事部和集团党委组织部的要求，封飚协助配合经开区科技创新局，参与做好经开区内34个特色产业园区、楼宇的防疫驻点督导防控。从2月3日“领命”奔赴园区到现在没有休息过一天，他不辞辛劳奔赴战疫现场的同时，也记录了抗疫一线的点点滴滴。

### 2月11日 星期二 晴

今天还接到了一项很重要的任务，就是为经开区宣传文化部制作《希望》防疫MV。由于白天日常工作多，而且必须要坚守岗位，所以我只能在晚上下班后拿上设备，去拍摄防疫人员值班的夜景，然后再去融媒中心把所有的素材拷贝后带回家制作，看来今晚又是一个不眠之夜。

### 2月12日 星期三 多云

因为凌晨4点才完成MV制作，早上去上班的时候略感疲惫，但是到园区后看到每一位为了抗疫在不停忙碌的工作人员，受他们工作热情的感染，觉得自己虽然熬夜也是值得的。

今天，我们要按照工委的要求，在园区各处都张贴了防疫海报，时刻提醒大家科学防护，保护好自己的同时也保护好家人和同事。

为了解决企业员工吃饭的问题，大族广场写字楼与大族广场商业进行联动，现与“长安记”“鹿港小镇”“巨说还不错”“古渡渔灯”“西贡在巴黎”5家商户合作，给写字楼办公客户提供工作餐。

今天巡园的时候和企业聊天，感受到园区内企业有很多切实需求，比如抗疫物资支持，经开区提供的返京人员住宿补贴等问题。这些问题我也如实上报给科创局。

今天集团组织部领导带着防疫物资来慰问我，我特别感动，看着口罩、手套这些目前特别珍贵的防护品，深刻感受到了组织对我们这些志愿者的关怀。

## 2月13日 星期四 晴

近期还在返京高潮期，大族广场复工企业逐渐增加，大家对于工作更加的谨慎，更加细致入微地进行着园区日常的消毒工作，测温、喷洒擦拭消毒液、电梯按钮处粘贴保鲜膜与放置一次性纸巾等，处处都不容马虎。

据核实，拟定的湖北返京人员中有1人计划近期返程，我们立刻和他取得了联系，希望他了解事情的重要性，延后回京时间，对方也很理解并且积极地配合。

封飚在为园区进出人员扫码测温

因为疫情，日常所有外卖、快递等外来人员均不允许进入大厦，但是为了不影响大家的日常生活和温饱问题，物业管理人员在写字楼的大堂设立临时收取处，代收外卖、快递，希望可以帮助大家减少与外界人员的接触。

这两天还上报了园区管理公司总结的园区内企业抗疫物资需求，有些企业也因为物资不够一直在延缓复工时间，真的很替他们着急，企业的经营压力也越来越大。

今天又接到融媒中心通知，《北京日报》征集各区县抗疫短视频，融媒中心需要拍摄志愿者服务的素材，由于工委组织部要求下沉干部必须坚守在岗，我只能请同事帮忙，抽出早上上班前和中午吃饭午休的时间进行拍摄，并且圆满地完成了拍摄任务。

今天公司焦书记和孟总还有雷主任一起来看望我，我再一次感受到了公司对我的关心。回想前几天集团领导的关怀，到今天公司领导的关爱，我感受到了亦庄控股家一般的温暖。

## 2月14日 星期五 大雪

今天是情人节。北京迎来入冬以来最冷的一天，被鹅毛般的大雪衬托着的大族广场格外亮眼，如果没有这场疫情，这里应该是很热闹的氛围。可是现在的园区却格外冷清，但是园区一线的工作人员冒着大雪在自己的工作岗位履行着自己的责任和担当。

我在大族广场作为防疫志愿者已经11天了，上班后，第一件事依然是要排查园区复工企业情况，没有发现问题和异常，大家紧绷的心放松了一些。可是依然面临着很大的问题，就是随着园区复工企业越来越多，对于口罩等防疫物资的需求也越来越强，我们大家也都在积极地想办法解决，政府也在努力支持。

下午在广场停车场入口，看到服务人员站在大雪里，戴着口罩、手套认真有序地对园区进出人员挨个测温检查。雪很大，风也很大，雨伞被吹得东倒西歪，服务人员绷紧全身，抵挡住大风的力量，握紧测温器，以最短时间测量出车内人员体温。车辆离开之后，他又在风雪中紧紧地握住雨伞，看着即将来车的方向。这一幕令我受到很大触动，总觉得在这次疫情服务中我做得还不够多，不够好，于是我拿出随身携带的微单相机，开始在园区中记录这些工作人员的身影，我想把他们最鲜活、最感人的时刻永远地保存下来，也让其他人看到他们，我觉得片名应该起为《逆行的人》。

## | 愿“疫”去不返　春暖花开 |

亦庄控股疫情防控志愿者按照经开区工委组织人事部和集团党委组织部的要求，积极深入一线协助配合经开区科技创新局进行园区督导工作。开发建设的孟妍作为志愿者团队的一员，在不辞辛劳奔赴抗疫前线的同时，也记录了战疫过程中的点点滴滴。

2 月 17 日　星期一　多云

周一的早高峰让本就不宽阔的经海三路变得愈加拥挤，看着车流慢慢缓解开来，我和同事许辛拿出了手中的测温枪，开始了一天的工作。

今天的复工企业较多，早高峰车流量大，约三分之一的车辆及行人未办理出入证件，导致轻微车辆人员出现滞留。

上周五的大雪路面结了一层厚厚的冰，为了园区行人和车辆的安全，我们便利用午休时间开始清扫园区路面积雪和冰块，铲冰、扫雪、倾倒，不知不觉，汗水已经浸透了衣服，等到全部清理完已经是下午了，我们又赶紧投入到巡查工作中，防疫工作无小事，真是一丝一毫也不能懈怠，我们也会更加努力做得更好！

## 2月18日 星期二 晴

虽然已是初春，但冬日的寒意还尚未完全褪去，太阳出来之前依然很冷。早上，我们到达园区时，保安大哥已经早早地等在门口了，为了让自己暖和点，他不停地跺着脚，两只手紧紧地握住了测温枪，用自己的体温来保证测温枪的正常运行。

今天统计数据的时候，我们都非常欣慰，园区秩序较昨日有明显提升，未办理出入证的车辆明显减少，未出现车辆人员滞留情况。目前物业人手充足，各项工作正有条不紊地进行。

公寓里，有一丝不苟喷洒药水的消毒人员，还有深夜值班和衣而睡的同事，他们用行动定格了温暖，也定义了爱。

## 2月19日 星期三 晴

今天未办理出入证的车辆基本没有了，未出现车辆人员滞留情况。在对园区外侧69号楼开始排查时，我们发现了问题。

其中一家超市在5分钟内，便进入5人次，仅一人盯看，既无消毒措施，也无测温工具，看护人员不识字，无法对超市消毒情况进行登记，我们对以上情况进行登记汇报，并对超市负责人提出整改要求。

晚上拖着疲惫的身体回家时，看到路边忙碌的清洁工人，心里感慨颇多，他们一定很累很累，只是信念和责任告诉他们“累也要坚持！”无论条件多么恶劣，环境多么艰险，总会有人逆风前行，是他们的辛勤付出让社会能够正常运转，也是他们让我们感到胜利的曙光不再遥远。

孟妍在园区入口处检测入园行人的体温

2月20日 星期四 晴

今天共检查园区内三家人数较多的企业，各企业内防疫工作准备充足，办公环境消杀措施完善，办公人员全程佩戴口罩并且工位距离很远，防疫意识很强，我们看完心里踏实很多。

另外，园区经营性公寓“泊寓”昨日外地返京三人，都已开展自我隔离，公寓负责其送餐和垃圾处理工作。目前了解到，隔离人员的垃圾未做单独处理，我们已要求公寓员工对隔离人员垃圾进行分类处理。

园区防控工作在一点点完善，全国感染病患在一点点减少，天气也在一点点变暖。春天真的来了，花也快开了吧……

这是一组疫情防控工作人员的个人日记，也是每个个体自己书写的历史，他们注定在这场极特殊的时期扮演亲历者的角色。正是由于千千万万个在一线驻守岗位的身影，他们或用文字，或用影像，或用记忆来勾勒这部抗疫战线的细节，最终汇集成为一部中华民族面对艰难困苦灾情时波澜壮阔的史册。

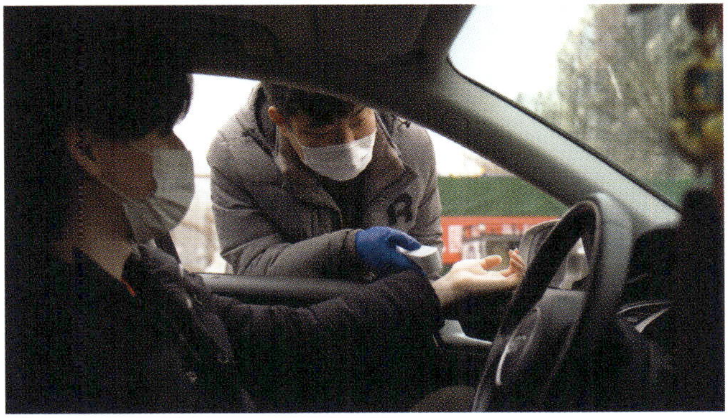

下沉一线的防疫志愿者们驻守在岗位上

# 第三篇

# 全力以“复”

“请您接受体温检测，戴好口罩，戴上安全帽，注意脚下安全！”在北京高端智能生态工厂项目门口，工作人员耐心地叮嘱。早在2月9日，亦庄盛元开发建设的三个重点项目同时开工。

疫情未能完全控制，不能完全排除因人员流动与聚集带来的感染风险，防疫仍然紧迫。但是经济不能长时间“停摆”，亦庄控股需要在严密细致的防疫措施基础上，做到有序复工，要保证没有一例新增提振信心，让公众学会与疫情共处。

然而，复工不等于复产，尤其是对园区中小微企业而言，受制于订单需求减少、劳动力流动阻碍大、资金链紧张等难处，产能恢复遇到瓶颈。亦庄控股推出控疫情稳增长“亦控八条”，同时，与园区企业互帮互助，线上线下同时发力，统筹推进疫情防控和复工复产。

田艳军 / 摄

# 暖企大礼包

"短时间内疫情也不会结束，可我们已经没有周转资金了，这可怎么办啊？"眼看资金链要断裂，多年的努力就要付之东流，北工大软件园里的张先生急得团团转。在亦庄控股旗下的平台企业中，受疫情影响入不敷出甚至濒临倒闭的企业还有很多。

有的企业发不出工资，眼看就要人去楼空；有的企业研发费用不足，被迫中断运营；有的企业没有充足的空间用于返京员工隔离观察……

亦庄控股是首都全国科技创新中心"三城一区"建设的重要平台公司，得知平台企业发展受阻，集团主动担负起"全力支持平台企业渡过难关，进一步促进区域经济社会持续健康发展"的重要使命，及时伸出援手，出台了控疫情稳增长的八条举措。

"亦控八条"将服务的触角延伸到房租、金融、物资等众多领域，可以说给予了中小微企业全方位的扶助和支持。

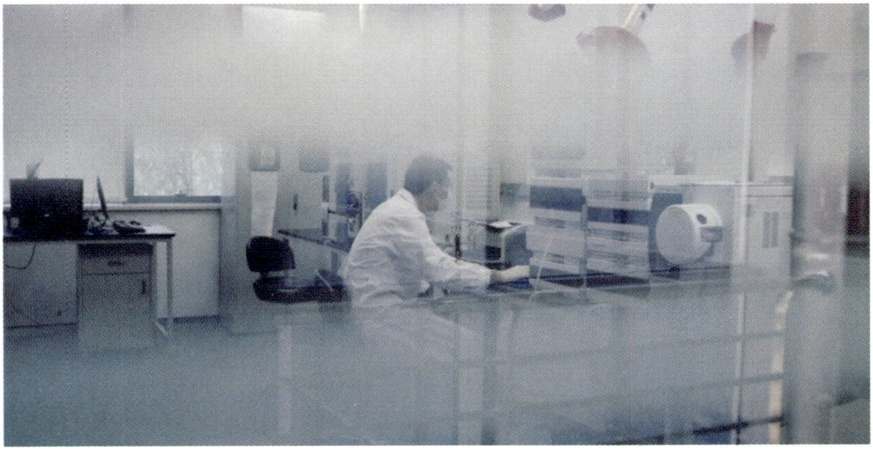

生物医药公共技术服务平台24小时响应生物医药企业需求，第一时间提供公共技术服务，图为研发人员加班加点在进行研发测试

自政策出台后，各园区运营公司结合自身情况，立即与平台企业接洽，采用减免、抵扣、延期等多种方式，送去了真金白银的红利。

生物医药企业在平台企业中占据着较大比例，对于战胜新冠肺炎疫情，其重要性不言而喻。

疫情期间，生物医药公共技术服务平台24小时响应生物医药企业需求，第一时间提供公共技术服务，并不同程度地减免中小微企业公共技术测试服务费，为药物和试剂盒的研发畅通了渠道，同时也为全国对抗新冠肺炎疫情贡献力量。

数据有时会说话！设置集中观察点6处，解决中小微企业返京人员单独观察的难题；准备864套公租房源，提前为经开区企业开展人才公租房配租工作；在协助经开区为区内企业提供 1000 间蓝领公寓的基础上，协调增加 15% 的房源为企业提供周转用房……集团多措并举解决企业复工人员的住宿难题，让各企业的入住员工感动不已。为了让员工吃得安心、放心，集团提供了资质齐备的第三方送餐渠道，解决员工分散就餐难题。

不仅让企业员工吃得好、住得暖，集团还没少在员工的通勤上下功夫。“早晚高峰人员流动大，病毒传播风险也相对较高，为了解决这一问题，经开互联科技公司的‘经彩出行’持续在线，能够进行分时租赁，全力保障企业员工安全通勤。”北京经开的工作人员说。

亦庄保税物流中心开展“7×24”小时通关服务，保障进出口型企业生产物资需求，给予中小微企业通关服务费 50% 的减免。

此外，集团还不遗余力地降低中小微企业运营成本。

“我们给予生产用热服务价格 10% 的减免，链路租赁、互联网接入和 IDC 托管服务价格 10% 的减免等，无论大事小情，**只要能帮，我们就一定帮！**”一名园区企业负责人说话的语气异常坚定。

收到“暖企大礼包”后，受惠企业负责人不约而同地表达着自己的感激之情。

“我们能把减免的 15.9 万元投入到研发工作中啦，在我们公司即将陷入困境的时候，减免的金额无异于救命稻草，感谢园区送来的及时雨！”

“在疫情防控的大背景下，每个企业的发展都受到了不同程度的阻力。尽管如此，亦庄控股依然排除万难，给我们经济支持，一句简简单单的感谢远不能表达我们的感激之情，我们一定会将这笔钱用在‘刀刃上’，加快产品研发的进度，为经开区做贡献。”

面对疫情，亦庄控股充分彰显国企担当，用实实在在的办法和创新有力的举措帮助企业“轻装上阵”，提供更多“雪中送炭”的服务，真正让平台企业的市场活力不减、改革动能不减、科技攻关勇气不减、推动发展锐气不减。

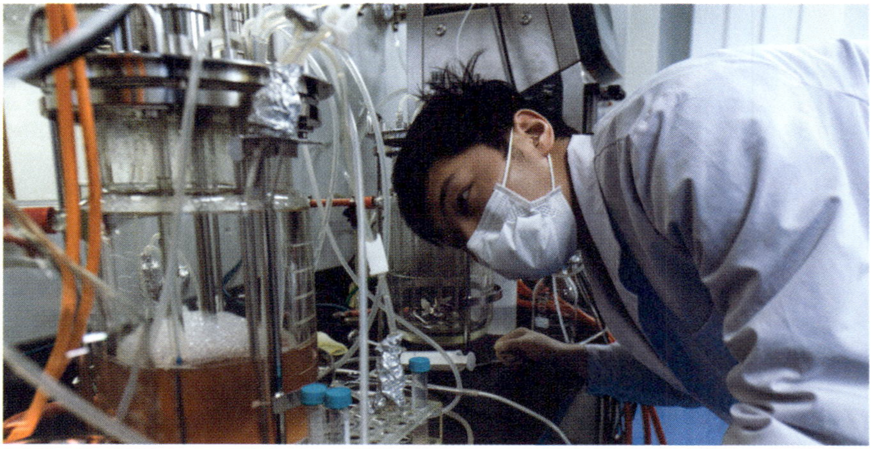

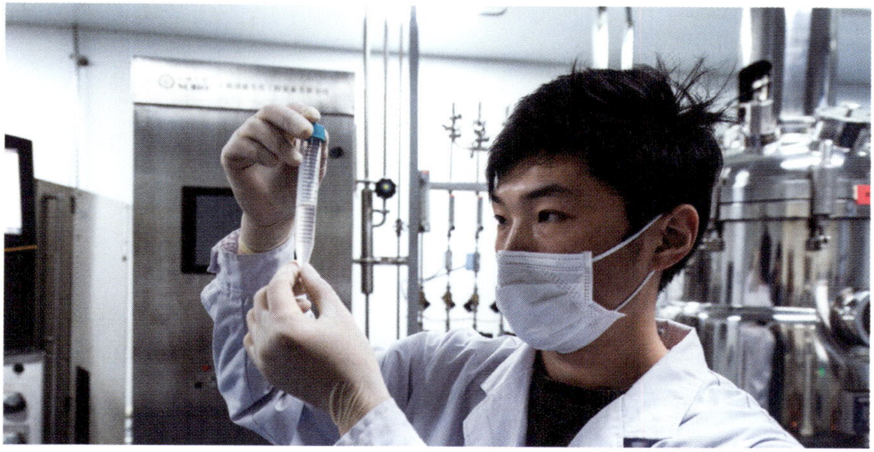

北京亦庄生物医药园企业在园区中试平台做实验

# 开工大吉！

红色的横幅上明晃晃的“热烈庆祝 N9 地块北京亦庄细胞治疗研发中试基地项目实现 2 月 9 日开工”字样，工人们戴着口罩却依然响亮的呼声，荡涤在每一个盛元人的心间，这场艰难的“开工接力战”，我们打赢了！

亦庄盛元开发建设的三大项目（N9、N43、N19）2 月 9 日正式开工，这也是疫情攻坚战以来经开区开工的第一批“七促”重点项目

2020年春节假期正式复工前的最后一天，由亦庄盛元开发建设的北京细胞治疗研发中试基地项目（N9）正式开工建设，同时破土动工的还有北京高端智能生态工厂项目（N43）、高端汽车及新能源汽车关键零部件产业园（N19）地块，这也是疫情攻坚战以来经开区开工的第一批“七促”重点项目。

为了实现疫情期间开工的目标，面对新冠疫情和项目建设的双重压力，公司全员开始了一场不容有失的“接力战”。

盛元公司党支部组织广大党员青年，联合在建项目总包、分包和监理单位一手抓防疫、一手抓生产，实现“点对点”“一站式”闭环管理。

在支部的带领下，党员干部身先士卒，充分发挥“头雁作用”，提前谋划定目标，快速行动强落实，重点关注前期设计、资金、招标等开工前的关键环节，形成工作专班。积极与政府部门进行沟通协调，合理压缩报批时间，做好资金统筹规划，为项目后续工程款项支出提供了强有力的保障。

## | 1.5天 |

**“保证开工不退让！”**为了这句承诺，全公司都在和时间赛跑，负责办理施工手续的陈志松始终庆幸当初的想法。

“年前的时候隐约感觉到疫情不太乐观，跟家里人商量了一下，今年就不回去了。”多亏了这个决定，他成了工程管理部第一批奔跑在“战场”上的“士兵”。

项目开工时间紧、任务重、要求高，各种许可和手续都需要及时办理。很多同事隔离期还没有过，初次接手这个工作的他挨个打电话确认办理流程和细节，遇到大家都明确不了的问题，他索性把电脑搬到了办理窗口，一项一项去核对。

在他和同事的共同努力下，N9 项目仅仅用了一天半的时间就拿到了施工许可证，为项目的顺利开工打下了坚实的基础。

倒排施工进度，24 小时就位，逐项狠抓落实，在前期劳动力紧张的前提下，要求各项目施工以机械设备为主，大力开展土方、护坡等工作，合理调配人力和设备资源。2 月 9 日同时实现 N9、N43 项目破土动工，N19 地块土方平整等准备工作，切实做到了疫情防控与项目建设两手抓、两不误。

## | 24 小时 |

工程管理部的王宇回忆起年初在家办公时的景象，对它下了一个很贴切的定义：“24 小时待机，睁眼就是工作，闭眼梦里也是工作。”

保证重点项目开工不退让，必然需要大量的工人支撑，然而一切人员的流动都会带来风险。

疫情防控初期，为了保证年后开工项目现场的安全，他每天都要对各项目返京人数进行实时统计，切实做到了离返京人员“一个都不能少”。

度过返京隔离期后，王宇的工作战场就从家里的电脑前，转移到了各个项目现场。统计、储备项目的防疫物资，按照规定设置隔离点、测温点，组织项目实施封闭式管理，防疫人员 24 小时值守，非项目人员严禁入内。

“就这样天天跑，去各个项目确认情况，我跟我的饭很少出现在同一个地点，除了不能按点吃饭，热水也喝不上两口，因为我可能刚在 N9 烧好水，人就已经到 N43 了。”

## | 3 分半 |

如果说前线奔走的员工是盛元工程部的神经元，那么工程管理部副经理周发忠就是团队的大脑。

人员密集的施工现场，做好疫情防控，是工作顺利开展的前提，没有现行的工地防控方案可供参考，他带着团队查阅各种资料，和总包单位一起做情景模拟，进行头脑风暴，依据不同项目的建设特点逐个拿出贴合实际的疫情防控方案。将 4 栋独立板房、80 间房屋、

疫情期间向工地发放物资

2 间临时观察点、9 处独立活动卫生间和 1 处洗漱间设立为工地观察区，在建成的临建板房中占比超过 40%，不计成本地完善现场防疫条件，就是为了做到万无一失。

扫一扫
观看工地现场防疫应急视频

实践是检验真理的唯一标准，面对第一时间出台的应急预案，他带着现场人员一起实地演练，并不断调整完善，全面提高现场的防疫防控能力。同时，他还带领团队拍摄了经开区第一支工地现场疫情防控应急处理指导视频。

“我们想得越靠前，风险就越靠后，我得对现场所有人员负责。”周发忠说。

“顺利开工算是开了个好头，我们坚信这些项目也一定会有个好结尾。”

**团结就是力量，心齐才能前进**。

从施工现场到报批保障，盛元人的力量还在不断汇聚，迸发出抗击疫情的强大力量。

这场争分夺秒的“开工接力战”胜利了，接踵而来的是刻不容缓的复工攻坚战、园区保卫战，亦庄控股人以十足的耐心、百分的细心、万分的用心投身下一个“战场”，用尽磅礴之力，展现亦控担当！

# 园区“螺丝钉”

2 月 10 日，北京经开的各个园区迎来复工首日。

早上还不到 8 点，资产管理中心的工作人员就和园区物业人员一起，分别站在了隆盛、中和、宏达、永昌、数字工场这几个园区的门口。他们当中，很多人是从大年三十开始，就已经参与到园区的防疫一线工作中。

北京经开把抓好疫情防控当作眼下最重要的政治任务，积极响应北京市委市政府，经开区工委、管委会和集团的各项政策措施，帮助企业共渡难关、稳定发展。

郑连荣，是资产管理中心队伍的队长。

“我很感动，在这场突如其来的战疫面前，每一个人都说没问题，可以立即投入工作、随时到岗。”

为了保证园区的永捷发公司新开办的医疗防护用品生产企业能顺利投产，资产管理中心副总监刘鑫没少费心思，从协调提供图纸到人员进场施工，再到解决电力问题、供水问题，他都东奔西走地忙碌着。

王焱自大年初五以后，就和刘鑫一同奋战在数字工场了。

每天，他们都要详细掌握园区内各企业最新的复工信息和人员信息，并把上级下发的各类资料第一时间传达给企业。为掌握最确切的信息，王焱会逐一实地走访，如果企业不允许进入，王焱就每天联络企业负责人，通过拍照等形式了解情况。

“这样做，掌握企业运行和员工状态就会更细致些，算是双重保险吧！”王焱说。

对园区企业员工的情况进行排查是防疫工作中的关键一环。

张春桃一岁多的孩子需要有人照顾，而父母又因为疫情无法入京，她就主动要求在家里远程办公。

远程办公，意味着她不仅要兼顾孩子和家庭，更要和公司其他部门一起，承担起园区企业湖北籍员工的排查。

“有些人或因为身处疫区，或因为情绪不好，会直接挂断电话。”她有点无奈地说，但她必须完成任务，因此就要拿出更多的耐心，安抚他们的情绪，解释排查的初衷。

同样负责信息核查的刘艳良也感同身受。

“这个时候，湖北同胞们更需要来自社会的信任与善意。”他在耐心解释、仔细收集信息的同时，都会真心地说一句："谢谢，祝您新年快乐，阖家健康幸福！"

刚入职半年的新员工石玉桃，也在忙着协助联络、摸排区内企业的湖北籍人员。

她是查漏补缺、随时就位的"预备军"，也是为部门同事们领取、派发物资，给予健康关注的"后勤员"。从大年初三，她就进入了随时待命的线上办公状态。

就这样，针对园区内企业中的278名湖北籍员工，资产管理中心的同事们一一打去电话，逐一摸清情况。

北京经开连夜加班整理园区企业的各项数据

北京市发布《促进中小微企业持续健康发展的若干措施》，经开区推出了“四鼓励一减免一服务”。为减轻疫情对生产经营的影响，支持中小企业稳定发展，亦庄控股推出了控疫情稳增长的八条措施。

北京经开发布了《关于支持园区中小微企业控疫情稳增长的实施细则》，推出五条措施，相关人员加班加点完成所有园区企业的数据整理工作。

病毒肆虐，每个人都用自己的方式抗击疫情。在这场“战斗”中，集团的每个人都不是局外人，每个员工都把“钉钉子”精神融入日常生活中，来保证经开区人民幸福安全，每一颗“螺丝钉”看似平凡，实则最不平凡！

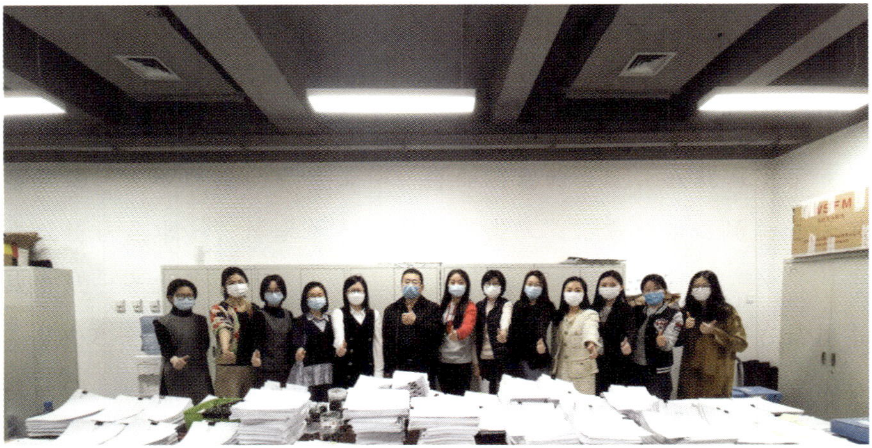

北京经开发布了《关于支持园区中小微企业控疫情稳增长的实施细则》，推出五条措施，相关人员加班加点完成所有园区企业的数据整理工作

北京经开资产管理中心租赁业务人员加班统计数据

# 逆行！向机场！

大巴车徐徐开动，逐渐驶离北京经开区，开往北京首都国际机场。

3 月初，疫情输入压力持续加大。亦庄控股集团闻令而动，积极响应北京市委市政府，经开区工委、管委会号召，第一时间组织集团精锐力量分两批参加经开区机场转运专班，承担起入境人员集散和转运关键环节工作。

**临“疫”不畏、逆风而上，筑起了国门战疫坚强堡垒，书写国企的硬核担当与情怀。**

**“逆行，向机场，这是一场非常时期的非常之战。”**

**“一定不辱使命，守好国门。”**

“Welcome to your Home E-town。”

……

平时，他们是国企的“小小螺丝钉”，现在，他们是战疫前线的“大英雄”。

## |“先行战队”：率先垂范，有我们！|

“很激动也很紧张，不过有一点很明确，那就是一定不能辜负组织的信任和重托！”3月9日晚11点，机场转运专班第一组组长开发建设公司的杜彪，收到要去新国展参加入境人员集散点防疫工作的紧急通知。

杜彪工作任务多，工作时间长，工作压力也更大。定岗定责、确保交接班顺利；及时准确传达信息，保障防疫物资配置到位；安抚入境人员情绪，协调“点对点”分流转送……

“我们穿着的这身防护服是白色的，与一线抗疫的医护人员一样，一定要向他们学习，冲锋在前！”

冲锋在前的组长杜彪

连续工作十几个小时的杜彪有些疲惫，但眼神充满着坚毅和力量。机场转运专班实行 8 小时轮岗负责制，春季昼夜温差大，有时白天闷热，大汗淋漓，到了深夜又寒冷难耐，瑟瑟发抖，而且为了保证安全，中途基本不能上厕所。

“没关系，现在正是祖国和人民需要我们的时候。**有困难，挺一挺就过去了。**”

闫贺压根儿就没想过当“第一”。但在防疫这场突如其来的大考中，他却无意间金榜题名，成就了无数个第一。

第一时间报名、第一时间下沉企业园区、第一时间参加机场转运工作……

他是防疫志愿者，自己却险些“中招”。

闫贺开展疫情防控工作的园区，有一位园区工作者的丈夫被确诊了，而闫贺就成了一名新冠病毒的密切接触者。

他，被隔离了。

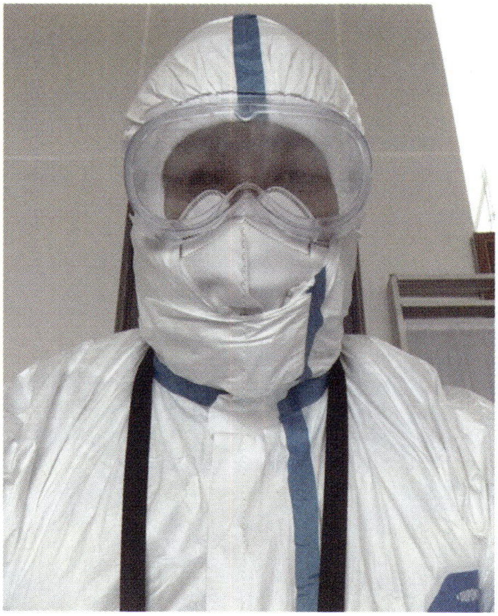

勇争第一的防疫战士闫贺

为了不给单位增加负担，闫贺申请居家隔离。

“我虽然隔离了，可是工作很多，别人还没休息，我怎么可以休息呢。”言语简短却铿锵有力。

**“越是艰险越向前！”**这是闫贺写在入党申请书上的一句话。这也是他“斩获”无数个“第一”的秘密所在，面对困难无所畏惧，面对险途一路向前！

和杜彪、闫贺同为第一批支援新国展防疫的志愿者臧志成，是集团党委组织部的职员。

是他们温暖了游子的回家路

“这个时候，正是需要我们党员站出来的时候！**我代表的不仅仅是自己，也体现着首都国企员工的形象和精神。**”

气温偏高的时候，防护服、口罩、护目镜等“全副武装”下的臧志成汗流浃背，不过他依然坚持着。

“要尽量延长防护服的使用时间，把它们节省下来留给更需要的人。”

“我帮您拿行李吧！”在护送旅客转运途中，臧志成总会贴心地说出这句话。“旅途已经很累了，我就想尽量多帮他们做点事儿。”

## |“补充战队”：一起扛！一定赢！|

“我们是旅客返京途中遇到的第一位家里人，一定要让他们感受到家的温暖！”

3 月底，机场转运专班第二批“支援军”成员、集团产业促进部的郭庆涛在护送转运途中，总会主动安慰，缓解游子的焦虑情绪。郭庆涛曾有海外留学的经历，也就主动承担了需要英语对话的工作。

超级“暖男”郭庆涛

“虽然看不出你们的模样，但在我心里，你们就是最帅最酷的大英雄！”一位刚从国外归国的女士说。

“我要和你们合张影！”说着这位女士拿起手机，在“战胜疫情”的展板前隔出“爱你一米”的距离拍了照片。

当时在集团党委宣传部的刘琬，后来是一名复转军人，接到支援机场转运前线的通知，他说：“心里非常激动，感觉二十年后，再披戎装！”

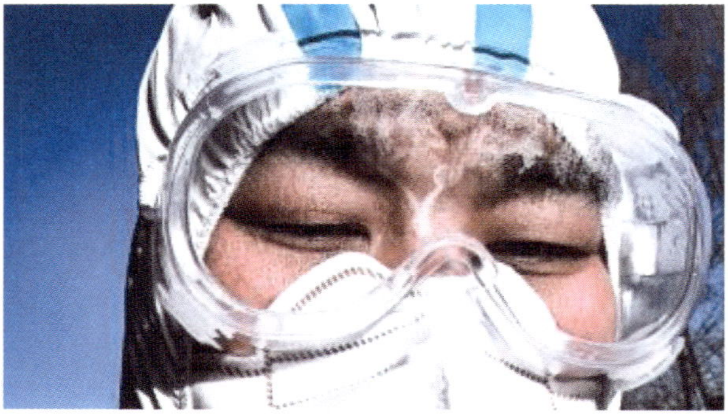

复转军人刘琬的初心和坚守

“很荣幸我是新国展集散点的最后一班岗，见证了这场战疫的阶段性胜利！”3 月 30 日凌晨，刘琬和他的“战友们”整理现场物资准备撤场。

“军人就是这样，轰轰烈烈地来，安安静静地走吧。”刘琬如是说。

“很多人已经十几个小时不吃不喝、身心俱疲，和他们交流的时候语气一定要温和！”连续站岗两天的刘琬依然把旅客的感受放在第一位。

乍暖还寒的初春夜晚非常寒冷，夜班时，他时常冻得发抖，“虽然很冷，但一想到能守护国门，我们就都是‘热血青年’！”

“前几天，我刚刚递交了入党申请书，就应该以一名党员的标准严格要求自己，扛起责任，守好国门！”博大建设的王洁娣坚毅地说到。

3 月 21 日，接到要去新国展参加防疫工作的通知，王洁娣当即答应：**“一定去！必须去！”**而那时，他已经近两个月没回过家了。

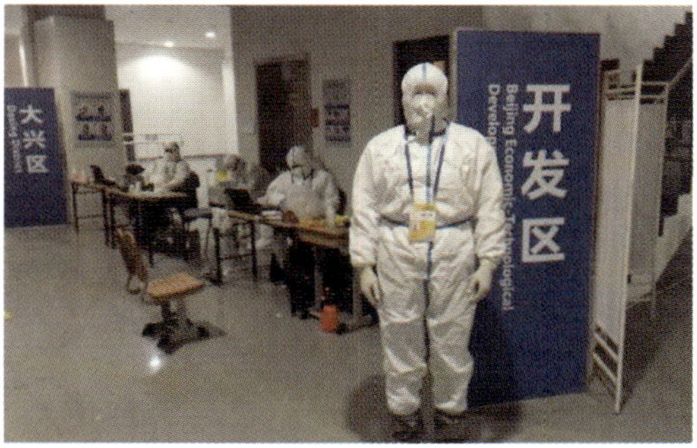

冲锋战士王洁娣

“多陪陪家里人！他们是我最牵挂，也是最能给我力量的人，更是我最爱的人！”问到疫情结束后最想做的事儿，王洁娣有些哽咽地说到。

“服从组织安排，哪里需要，我就去哪里！”接到被抽调到机场转运专班的通知，亦庄水务的张光辉当即说出了这句话。

上有八十多岁的父母，下有还在上初中和幼儿园的两个孩子，媳妇还刚做完手术，但他依然义无反顾地加入守国门、战疫情的工作中来，因为他相信，胜利就在不远的前方。

“**你守护国，我们守护家！**放心地去参加防疫工作吧，家里有我们！”张光辉的妻子拖着刚做完手术还有些虚弱的身体，为他整理行囊。

“国门守护好，我们也才安全，大家也才安心。” 妻子悄悄擦了擦眼角的泪水。

全副武装的“硬核”担当张光辉

## |“热血战队”：温暖游子回家路|

“只有竭尽全力做好各项工作，才对得起组织的信任！”这不仅是开拓热力的蔡松伟对自己的严格要求，更是他守护国门的生动写照。

来到北京新国展集散点后，他就像个高速旋转的陀螺，一刻也停不下来。登记、分流、转运、交接、反馈……每一个环节都确保零差错。这位“国门守护者”，还是一位“热血逆行者”。

防疫期间，蔡松伟第一时间捐献了200cc血液，为患者送去了希望。**“在国家有需要的时候，党员就要时刻冲在最前面！”**蔡松伟用实实在在的行动诠释了这句话的深意。

26 岁的郑帅来自博大建设，是此次“守国门转运小分队”中年纪最小的成员。3 月 26 日凌晨，在机场，一个 10 岁左右的小男孩，眼神中略带慌张与迷茫。郑帅和同事们迅速发现了异样，几番观察之后，他们确认：这个孩子“落单”了。

守护国门的“热血党员”蔡松伟

于是他们急忙上前询问，简单地沟通交流之后他们得知，这个“落单”的孩子家住荣华街道社区，是从马来西亚独自飞回来的，在无人陪护的情况下，坐了 30 多个小时飞机，此时的他又困又饿。

情况特殊，考虑到孩子年龄太小，不适合集中观察隔离。机场专班负责人针对这一情况，迅速向上级部门汇报，同时联系协调孩子所居住的社区。经过一番协调之后，决定让郑帅和另一位专班成

年轻的国门卫士郑帅

员送孩子回家居家隔离观察。

离开前，小男孩对郑帅说，“谢谢叔叔，我终于回家了。”看着小男孩离去的背影，郑帅顿时觉得无比轻松，谁又会想到，他也是一位8个月大孩子的爸爸，由于疫情防控工作的需要，已经好久没有抱过尚在襁褓之中的宝贝了。

**“只要守护好国门，所做的事情都值得！我愿尽我所能，温暖每一位游子的回家路！”**

3月21日，博大建设的宋冠伟接到前往机场专班进行境外输入人员接待工作的通知。“暂时不能去防疫最前线，那就一定要协助保障好机场专班各组人员的防疫物资发放！”后来得知是“第一替补”的宋冠伟，在心里这样告诉自己。一边参与本单位施工现场的防疫

“第一替补”宋冠伟

工作，一边保障机场转运专班的防疫物资派发，宋冠伟经常忙到深夜。

“在这场没有硝烟的战争中，只要大家心往一处想、劲儿往一处使，就一定能迎来最终的胜利！”

**每一次体温的测量，都是一句守护天使的叮咛；每一个信息的核对，都是一声“欢迎回家”的温暖。**

参与经开区机场专班的每位志愿者身上都有一个个感人至深的故事，我们看到，亦庄控股集团的“国门卫士”，用看得见的坚守，与看不见的对手进行着“亮剑决战”，为牢牢掌握疫情防控主动权，严密筑牢“外防输入”防线，大力促进复工复产贡献应有力量。他们，是疫情防控工作的 “硬核力量”和“实力战士”；他们，是冲锋在前、攻坚克难的“尖刀班”成员；他们，用实际行动和暖心服务诠释了“不获全胜不言退”的首都国企担当。

机场转运专班的战士们

# 同频共振

防疫期间，集团为平台企业累计减免（办公房屋）面积 178 万平方米，减免金额共计一亿零八百万元；以北京市首家国有企业党外知识分子联谊会——亦庄控股知联会为抓手，与各理事单位同频共振、共抗疫情……

亦庄控股用实实在在的行动和数据诠释了同频共振。真金白银的减免、同舟共济的担当，帮助平台企业“轻装上阵”，各企业在收到“及时雨”后，也用创新有力的举措回馈着社会。

## | 守望相助 共克时艰 |

“我们继检测出第一例武汉新型冠状病毒、陆续检测出江西等地阳性病例后，最新研发出了六项呼吸道病毒核酸检测试剂盒（恒温扩增芯片法）！”

2 月 22 日，亦庄控股知联会成员单位博奥晶典研制的“六项呼吸道病毒核酸检测试剂盒（恒温扩增芯片法）”获国家药监局新型冠状病毒应急医疗器械审批批准。当即，博奥晶典第一时间向武汉捐赠 1.2 万人份芯片检测试剂盒。

此外，北京博奥医学检验所援鄂医疗队、援疆医疗队相继出征，先后派遣百余位技术骨干前往新冠危重病人收治医院，开展核酸检测工作。

与此同时，博奥晶典对自主开发的超广谱病原微生物宏基因组检测系统 MAPMI 进行了全面升级，可实现 3.2 万余项检测指标全覆盖，实现感染性疾病病原体的快速、准确和全面鉴定，辅助临床针对感染进行精准诊疗。

“在我们研制出恒温扩增芯片法的三周后，陈薇院士团队研制的重组新冠疫苗获批启动临床试验，这无疑更加坚定了我们技术攻关的信心和决心，也鞭策我们继续为科技战疫贡献应有力量！”博奥晶典相关负责人表示。

位于亦庄生物医药园的亦庄控股知联会成员单位安诺优达，作为国内知名的基因测序服务商，也在这场没有硝烟的战疫中贡献自己的力量。

“作为经开区 5 家面向团体和个人提供新冠病毒核酸检测服务的医疗卫生机构之一。从防疫最初，我们就组建工作专项组，借助领先的高通量测序平台和安诺云生信大数据分析平台，为新型冠状病毒已构建好的基因文库提供公益测序检测和信息分析，为可能出现的基因变异和病毒适应性，通过高深度测序进行解析和密切跟踪。”安诺优达的CTO孙雪光博士表示。

成员单位冲锋在科技战疫的最前沿，举起了“科研拳头”，组建了“科研铁军”。亦庄控股知联会则根据实际情况加紧汇总、编制相关政策、福利须知，做好稳定“大后方”。亦庄控股知联会编制了涵盖“疫情防控指导、促进就业、人才保障、劳动关系、社会

亦庄控股为区内企业编制《防疫口袋书》中英文版

保险、复工复产运行、税务金融”等七个方面共计 53 项政策的《亦庄控股知联会疫情防控期间相关资料汇编》。

“我们与京东方、北汽等大型国有企业理事成员单位搭建协同共享平台，把亦庄控股编制的《防疫口袋书》提供给他们，为企业疫情防控提供保障，使他们有更多精力投入复工复产。同时，形成了联防联控、群防群控的良好防控局面。”

亦庄控股知联会相关负责人讲道：“亦庄控股知联会的工作得到了市委统战部的高度认可，评价亦庄控股知联会走在了北京市统战领域疫情防控工作的前列，对工作举措要进行推广。”

## | 有事儿您说话！ |

第一时间协助企业完成了项目选址及入驻、6 天完成现场施工、10 天实现试产及正式投产，圆满完成了北京教育工会 150 万只口罩的交付任务……

3 月 30 日，北京经开平台企业世洁卫仕口罩量产及交付发布会在北京经开的数字工场举行。

超声波切割原材料的尖锐声响，“咔嗒咔嗒”的缝纫机声像战斗的号角，不约而同地响起在世洁卫仕的生产车间。

“我们向北京市 16 区民办学校和相关单位捐赠口罩 5 万只，向

平台企业争分夺秒生产口罩

湖北长寿镇疫情防控指挥部捐赠口罩1万只，向北京经开捐赠口罩4千只……”这位世洁卫仕的负责人在发布会现场讲到。

“有什么需要，随时和我们说，一定竭尽所能支持咱们企业的复工复产！”这是北京经开项目负责人每天挂在嘴边的话。

在经海产业园，入驻企业微岩医学、旌准医疗、求臻医学与华泰益康等四家高科技公司强强联合，迅速整合自动化设备、检测试剂和检测能力等优势资源，完善从采样到出具报告的整个流程，实现了2019-nCoV新型冠状病毒核酸检测的自动化快速检测，可用于企业自筛查服务，为疫情防控加油助力！

同心共振、同向共行、同舟共济。平凡力量，聚成战疫之光。正如一位园区项目负责人所说，**“立春已过，期待的春暖花开马上**

**如约而至，一切会好起来！我为什么有信心？因为我是亦庄控股人，我脚下的这片土地是亦庄新城，任何困难都压不垮我们！”**

领导干部时刻关注着疫情发展、指挥着战疫进展；普通员工坚守岗位、执着必胜信念；平台企业全力科技战疫、博爱担当……这一切激发着每一位亦庄控股人强劲的士气、昂扬的斗志，坚定信心，一定要打赢这一场气壮山河的人民战争、总体战、阻击战。

# 最美功勋章

看不清疲惫的脸庞，却听得见急促紧凑的脚步声；
看不清惺忪的睡眼，却听得见整理物资的声音；
没有太多的铮铮誓言，只有手中点燃的希望之火；
没有太多的情感流露，只有手中传递的胜利之光。
一个个烫金的字，一面面赤彤的旗，
浇筑出最美功勋章，
让希望之火、胜利之光有了具体而微的形象。

## | 暖心集团 |

“非常感谢咱们的下沉干部！在防疫的关键时刻，他们把危险挡在前面，将安全留给他人，既给我们鼓舞了士气，又增强了信心，我都不知道说什么好啦！”天骥智谷相关负责人激动地说。

就在今天，北京天骥智谷资产经营管理有限公司、北京亦海新庭物业管理有限公司泊寓公寓为集团党委送来两面锦旗。

“危难时刻挑重担，抗疫助企当先锋。”

“尽忠职守解忧难，防疫为民见真情。”

锦旗虽轻，情谊却重。

他们对多日来不辞辛苦、忘我奉献、持续战斗在园区一线的下沉干部表达了深深的敬意，也感谢集团党委对园区疫情防控工作给予的大力支持和帮助。温馨的话语、真挚的情感让集团在场员工心里倍感温暖。

在园区里，集团下沉干部们不讲条件、不计代价，与园区、社区、工地上的工作人员并肩战斗。

他们是测温登记的“安全员”、耐心告知注意事项的“宣传员”、忙前忙后运送物资的“快递员”……他们用实际行动践行着初心使命，与亦庄新城的“兄弟姐妹们”携手筑起了疫情防控“最后一公里”的安全防线。

这是最美的功勋章，看到那几个闪着金光的大字，在所有下沉干部心中一切辛苦和付出都是值得的。

## | 温馨公寓 |

二月的一天，一场大雪飘然而至，纷纷扬扬的雪花飞舞着、跳

青年公寓与华润电力华北分公司互助互敬、共战疫情

跃着、旋转着，把京城装点成了银装素裹的童话世界。

疫情还在肆虐着，洁白无瑕的美景给人们的心里带来了阵阵慰藉。街上静悄悄的，人迹罕见。

青年公寓，几个身影正在朝着大厅走去。

“1 吨原液能兑出 50 吨稀释液，应该够用一段时间了。”说话的是华润电力华北大区运营部总经理李志刚。他代表公司向青年公寓捐赠了 1000 公斤次氯酸钠消毒原液。“在这种时候，有钱也很难买到消毒液，何况一下赠送了这么多，我们心里都暖暖的。”华润电力在这样的关键时刻送来紧俏物资令现场的人很受鼓舞。

随后，集团工会负责人代表青年公寓防疫指挥部将“勇担央企责任，共筑抗疫防线”的锦旗赠送给华润电力华北分公司，衷心感谢他们对园区防疫工作的支持和帮助。

李志刚接过锦旗后欣然地说：“这里就是我们员工的家，我们会竭尽所能和咱们公寓一起战斗，直到抗疫胜利的那一天。”亲切的话语驱除了寒冷，带来了温情。

“24小时不间断值守，什么时候回来都能看见门口亮着的灯和守着的人。理发店停业后，公寓又联系发廊给住户们提供免费理发服务。”新华保险行政总监高伟达说完便把一面写有“疫情无情人有情，大爱之举暖人心”的锦旗郑重地交到了青年公寓负责人的手上。

两面鲜艳的锦旗将园区与住户的心紧紧系在了一起，在这个温馨的“大家庭”，将会有更多爱的故事上演。

## | 安心物业 |

工商分局对外办公大厅位于亦城财富中心B座二层，特殊时期的“云办公、云审批”虽占主导，但仍有一部分工商业务需要到现场办理。

在这个特殊时期，亦庄置业财富中心项目部工作人员放弃休假，采取进门智能测温、扫码使用洽谈专区、精心设置缓冲区等一系列硬核防控措施，用最精准的摸排、最细致的服务、最严格的把控，落实落细疫情防控工作，筑牢疫情防控安全长城。

为此，北京市工商行政管理局经济技术开发区分局办公室主任张杰兴专程送来了一面写有“忠于职守 服务至上”的锦旗。

“正是因为他们的辛苦付出，我们才能更加放心、安心地工作。”他如是说。

而这仅仅是亦庄置业所收众多锦旗中的一面，也是众多暖心故事中的一个。

“疫情发生以来，亦庄置业博大大厦项目部的同志冲在一线、干在实处，紧密配合、严格落实经开区工委、管委会疫情防控工作部署。”

“你们牺牲了与家人团聚的日子，冒着严寒、不顾生命危险，始终坚守在抗疫一线，给这个寒冷的冬天带来浓浓的暖意和温情，为你们点赞，向你们致敬！”北京北开电器股份有限公司、北京宏福中天商贸中心、华联超市、金百万等企业纷纷送来感谢信。朴实无华的文字承载着对物业工作者的诚挚谢意。这些最美功勋章始终熠熠生辉，定格着过去，又铭记着未来。

面对客户的需求，亦庄置业的工作人员们都会竭尽全力地满足，用热情真诚的服务让客户们舒心、放心又安心。锦旗和感谢信就是最有力的证明。而这仅仅是集团作为产业新城运营商服务经开区、服务北京的一个缩影。

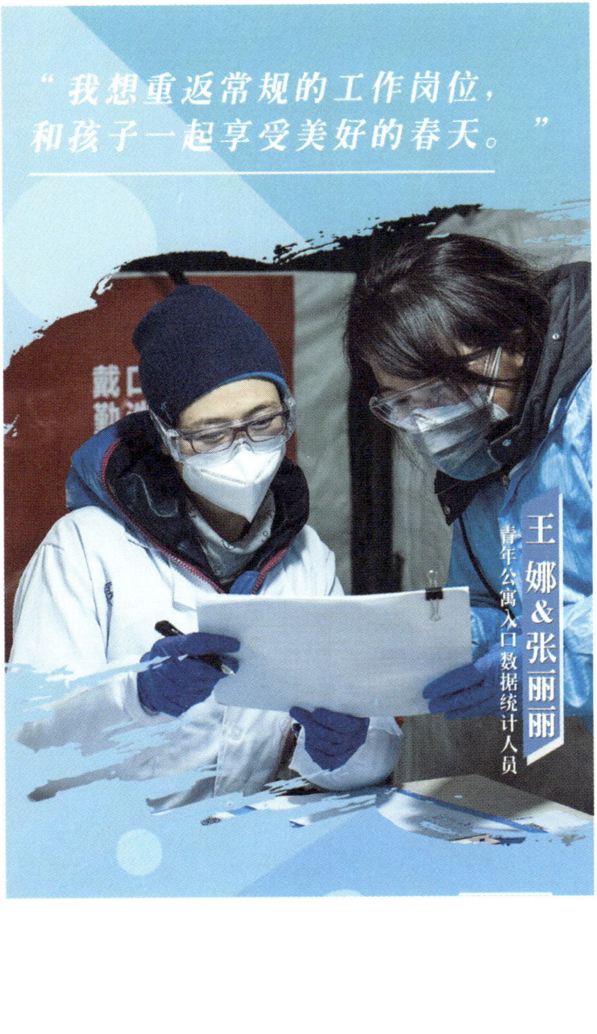
“我想重返常规的工作岗位，
和孩子一起享受美好的春天。”
王娜&张丽丽
青年公寓入口数据统计人员

周会丽
青年公寓入口身份验证人员
“因为疫情过年也没有回家，希
疫情赶紧过去好回家看看父母。

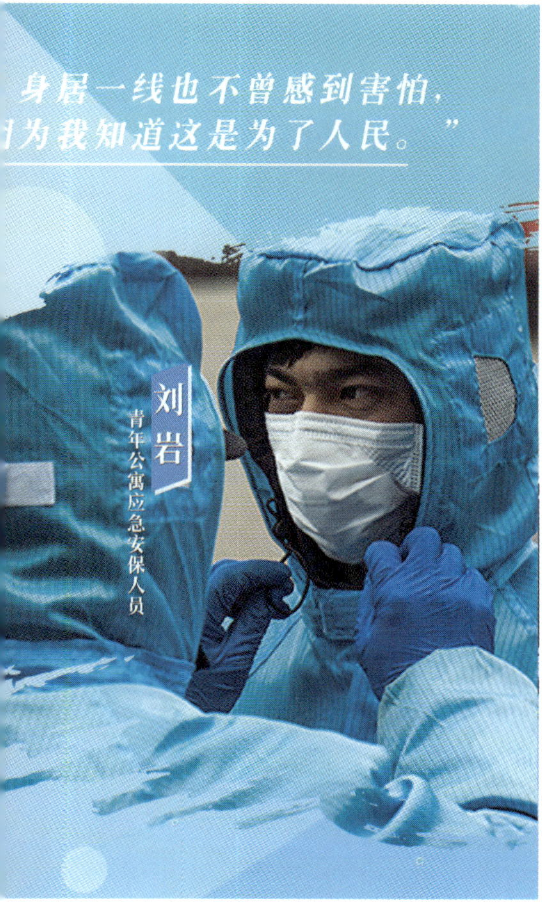
身居一线也不曾感到害怕，
因为我知道这是为了人民。”
刘岩
青年公寓应急安保人员

散落在生活各处的平凡希望
陈宇
亦庄控股集团防疫指挥部会务人员
“在抗击疫情的过程中彰显出了国家的实力，能够快速做出响应，有效地控制了疫情的扩散。”

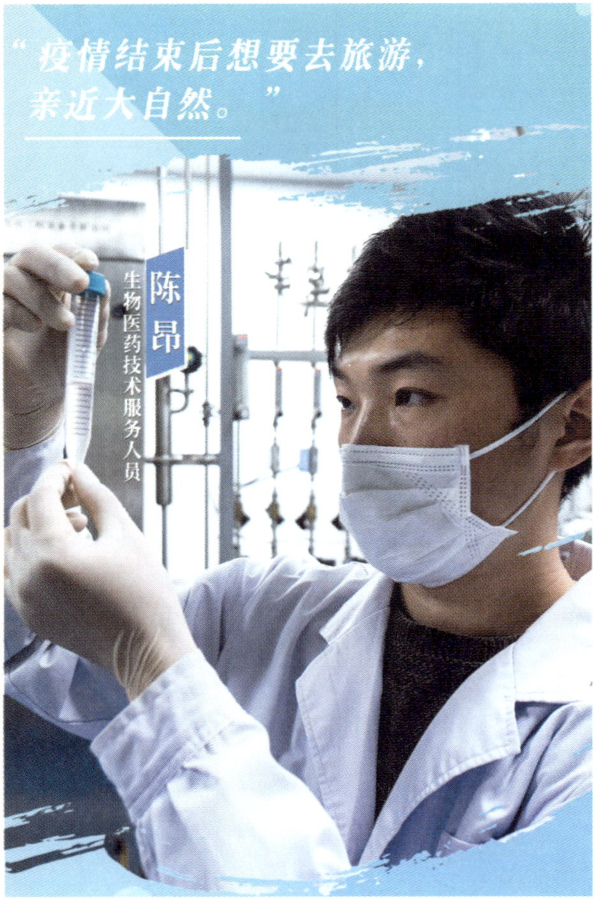
“疫情结束后想要去旅游，
亲近大自然。”
陈昂
生物医药技术服务人员

鞠蕊
永康公寓身份验证人员
“等到火锅店开门，烧烤店开门
我要去好好放松。”

疫情过去想要回趟家
家里的饭菜。”
徐静静
亦城财富中心前台工作人员

许鹏
永康公寓入口测温消毒人员
“疫情过去我要和三五好友
一起旅游、撸串喝啤酒。”

刘琬 / 摄

# 第四篇

# 如约而至的春天

“自6月6日零点起，北京市突发公共卫生事件响应级别调整至三级。”这一次，恰好是北京市疫情防控工作的第100场新闻发布会。这是自4月30日，北京市由响应级别一级调整至二级之后的又一次防疫策略调整。

但“新增境外输入病例”仍然提醒我们，口罩不能摘。全球疫情以惊人的速度蔓延，越发显示出中国在疫情初期所采取措施的及时性和有效性。

这是一场全人类共同面对的灾难。“我们面临的境外输入风险骤然加大，防控形势更加严峻复杂，不能有丝毫麻痹大意。”北京新冠肺炎疫情防控工作领导小组提出，“要树立底线思维，坚持下先手棋、打主动仗，内外防控一起抓。”

此时，在做好自身“外防输入、内防扩散”和强力推动复工复产的基础上，亦庄控股积极响应市委市政府号召，派出多名干部职工，赴首都机场“守卫国门”；更多人开始思考这场疫情带给我们难得的人生感悟。

封飏 / 摄

# 爱的“拼单”

在北纬30.8度湖北宜昌境内，有一个美丽的地方，叫作秭归。这里还有一个美丽的名字，叫作伦晚。

人间四月芳菲尽，当其他橙类都已退隐之时，历经长达15个月生长期的伦晚橙，才千呼万唤始出来，挂果越冬，积淀了一个轮回的甜蜜。

2020年的冬天极不平凡，疫情突如其来席卷楚荆大地，给这份本应销往全国的甜蜜蒙上了一层愁苦。

“你好，我是湖北果农，冒昧打扰，有个事想请求你的帮忙”，4月23日傍晚，ET保税销售人员张盼盼收到了这样一条微信好友申请。通过后才知道，是一位来自湖北秭归的果农大婶，她家果园里3000多斤伦晚橙都熟了，可受疫情影响，基本上断了销路。

张盼盼和同事们得知此事，毫不犹豫地应了下来。

“没问题！您把联系方式、单价、快递方式告诉我一下！”

看到张盼盼痛快地答应，大婶喜出望外，激动地说，“都是大果径，一箱 5 斤 65 元包邮！到时候您可以再加点钱！”

张盼盼边编辑广告边回复，“我们怎么能赚您钱呢！现在湖北很多滞销产品，作为一名普通的亦庄控股人，我们只想用行动贡献自己的一份力量。”

一会儿的工夫，一条拼单接龙就发了出去。群友们纷纷积极响应，张盼盼和小伙伴们一时间有些应接不暇。

**29 单 32 箱！**

这是他们当晚的战果。

自 4 月初开始，央视主播、当红明星、政府官员纷纷通过央视新闻客户端、抖音等新媒体，携手为湖北带货。

扫一扫
观看带货视频

一时间“**支持湖北真是拼，我为湖北胖三斤**”等口号红遍大江南北，席卷全中国。ET 保税的亦控人正在用自己的行动，响应着这股为湖北拼单的热潮。

在他们的启发下，经过一晚上的精心排练，ET 保税的视频带货处女作，在次日下午登上亦庄控股集团微信公众号，再次掀起了一波订单高潮。

直到当天晚上 11 点，有位微信名叫作“山东老农”的同事下了一单，并留下了这样一条语音：

**“我们都是亦庄控股人，应该为湖北献一份爱心。”**

其实，参与拼单的人都知道，北京各大商超货源充足，橙子买着更方便，价格便宜，口感也不比拼单的差，可大家却心照不宣，只想用最简单的方法，献出一份最朴素的爱心。

一位没有留下姓名的大姐一口气订了10箱，她在语音里说道，**“拼命不是谁都有机会，但拼单我们最在行！”**

就这样，截至4月30日，历经8个忙碌的日夜，在ET保税的4名亦控人的努力下，累计销售230多箱伦晚橙，销售额近15000元。

在这场“爱的拼单”中，ET保税并没有获得丝毫的利润，还搭上了不少电话费，牺牲了很多休息时间。

不仅如此，听到个别客户反馈部分橙子成熟过度有些发硬的消息，ET保税坚持给客户退了全款，“客户不满意就全额退款”，是他们一直奉行的承诺。

这些退货的订单他们并没有转告大婶，而是由ET保税销售部负责人王爱华自掏腰包默默地承担了下来。

自秭归伦晚橙之后，大连海蜇、山东大枣、廊坊西红柿，还有桃子、葡萄，都相继成了ET保税爱心拼单的主角。

总之，哪里有疫情防控的求援，哪里就有亦庄控股人的身影，他们用实际行动代表亦庄控股，履行了国有企业的社会责任，也为助力武汉、湖北乃至全国的经济复苏贡献着自己的力量。

ET 保税为伦晚橙带货，助力湖北经济复苏

赵长帅 / 摄

# 隔离区的日子

## | 博大永康商务酒店 |

如果不是因为这次疫情，很多人都不知道我们酒店，尽管我们酒店的设施地段都还不错。

我们酒店坐落于经开区中心地段，交通十分便利。酒店拥有不同风格的中西餐厅、豪华的大堂吧、观景会议中心、商品部、商务中心、娱乐健身中心、棋牌室、美容美发等，是商旅、会议、娱乐的理想场所。

2020 年 1 月 30 日，为做好湖北地区及武汉人员返京隔离工作，我们酒店成为“隔离点”，酒店员工无条件服从，毅然奔赴防疫一线，开始了防疫接待隔离工作。

## | 单位就是前线 |

2020 年的春节还没过完，我就接到单位领导电话，知道酒店被确定为隔离安置点，征询我参加防疫工作的意见。

**同意！不用考虑。**

天天看电视上播报的全国疫情这么严重，防疫人人有责。同事们都无条件服从，毅然奔赴防疫一线，开始了防疫接待隔离工作。不过所谓的防疫一线，就是我们单位。

不一样的是，工服变成了防护服。

一开始，防疫物资略显匮乏，防护服数量不够，为了将宝贵的防护服用于最重要的密接工作使用，我们所有的工作人员都穿着雨衣或者简易的隔离服穿梭在隔离区，想想还是挺危险的。

## | 母亲的担心 |

"你们单位要接待湖北返京人员啊，我可听新闻都说了，湖北那边确诊人数一直在增长，他们刚从湖北来，多危险啊，咱能不能不去啊？"母亲的担心不无道理。

但作为党员，关键时刻不能怂啊，就需要咱们上了，不能退缩！

不过还是要消除老人的顾虑，保证做好个人防护，好在老人家深明大义，红着眼圈松开了拉着衣角的手。

## 咫尺的守望

总台说，有位客人这两天总是在咨询客房之间电话的问题。我主动打电话问了下缘由，原来是一对父子，孩子由于返京紧张，把手机忘在了家里，抵京之后又立马进行隔离，两人同住我们酒店，但由于隔离却无法见面，所以这才想到借助客房电话聊天。我想："这隔离期结束还早着呢，见不到孩子，老人不定多担心呢，就是打再多电话也不如视频聊天来得安心啊。"于是赶紧给家里人联系，把我的旧手机送到酒店来，拿到手机之后，连接好酒店 Wi-Fi、注册好微信，再通过给隔离人员送餐的机会，把手机送到了孩子的手中。

没过多久，我就接到了这位父亲打来的电话，说他已经和孩子视频通话了，看到了孩子的状态，一切都好。还一个劲儿道谢说："其实一直担心孩子，这两天愁得觉都没睡好，您真是帮我们解决大问题了，太感谢您了。"没想到我的旧手机还能发挥这么大作用，真让人高兴！

## 倒时差

在自己单位还得倒时差？对！

3 月 15 日，按照经开区社会事业局部署，我们酒店开始接待经开区荣华街道和博兴街道自境外返京的居民隔离工作，由于境外返京航班均为红点夜航，工作人员不得不跟着接待隔离工作一起倒时差，白天要做好隔离人员的服务工作以及食品物品的配送工作，晚上当所有人都入眠的时候，工作人员还要开始新的接待工作。

虽然倒时差，但是同事们都毫无怨言，毕竟在酒店工作，这种“夜以继日”的状态大家都已经习惯了，何况能为防疫贡献一份力量呢。真心地为我的同事们点赞！

## | 感谢信 |

“疾风知劲草，大浪现英雄。你们都是英雄，是最可爱的人……”您能想到写出这段文采飞扬的话的是位新发地菜农吗？

“春暖花开，14 天的隔离观察终于结束了。我每天都能看到您穿着防护服来给我们送餐，我知道穿着防护服可难受了，您的护目镜上全是水汽，虽然我看不到您的样子，但是我会一直记得您对我的帮助，祝您工作顺利身体健康！” 这是一位汉语说得还不熟练的留学生给我们的感谢信。

最近老是收到表扬信，有点受宠若惊。

虽然我和我的同事们做了很多工作，但是大家都一心想的是如何做好隔离区的服务工作，如何安抚隔离区人员的情绪稳定，如何圆满地完成上级交给我们的任务。不过收到这么多客人们的感谢信，还是让大家在辛苦之余很开心。

## | 200 人 |

9 月 27 日，我们酒店再一次接到经开区工委组织人事部新安排，开始做境外直航返京人员隔离工作，要完成一次性接待 200 人的任务。虽然做过多次隔离接待保障工作，但一次性接待 200 人还是压力很大。我的领导和同事们积极总结前几次的经验，发挥自身的优点长处，做足了准备工作。

一是建立隔离人员联络群，保障隔离人员的诉求可以最快地得到

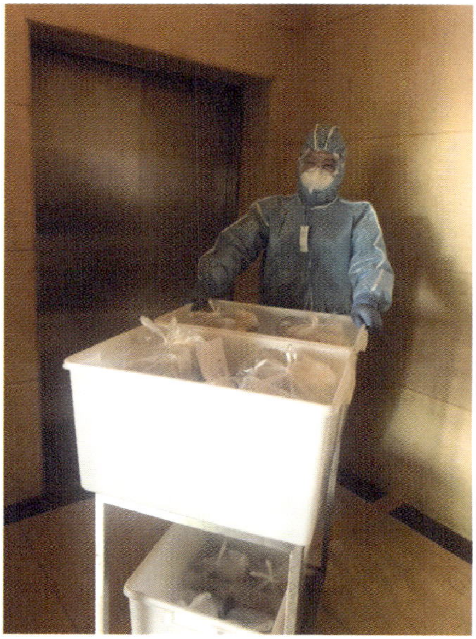

隔离区的防疫工作，危险而忙碌

反馈。二是提前准备生活物品，保障隔离人员的生活需要。三是在食品制作上保持花样突出，品种突出。推出家常菜、清真餐、无糖餐、西餐。每天我们的工作人员有专人了解客人对于餐食的口味和品种需求，隔离人员开玩笑地称呼我们工作人员为“炊事班长”。

经过半个月的努力，我们的接待工作再一次收获零投诉。这个“零”凝聚了全体酒店隔离点工作人员的辛勤付出，我为身处这个集体、为我们所做的工作而自豪。

## | 写在最后 |

在这次疫情防控战中，我们酒店作为经开区定点的隔离酒店，从1月到9月，从武汉返京人员到境外返京人员，我们酒店的领导和同事们一次次冲锋在最前线。在这场没有硝烟的战斗中，身边的同事们都表现出了英雄般的气魄：他们临危受命、使命在肩，以高度的责任感、使命感，参与到抗击疫情、守护生命的战斗中，以忘我的精神斗志，书写了亦庄控股人的奉献篇章。

我要为所有战斗在防疫最前线的亦庄控股人点赞，我也为自己能身处这个能奉献、敢担当的集体而自豪。

（文中资料来源于博大永康酒店客房部经理果洪涛及其同事的工作笔记）

# 守得春暖花开时

庚子年初，席卷全球的新冠肺炎疫情，让这个冬天成为我们刻骨铭心的记忆。但即便它再寒冷彻骨，我们依然坚信，没有一个冬天不会过去，没有一个春天不会到来。

2020 年 3 月 16 日，是一个值得纪念的日子。这一天，历经近三个月疫情封园之后，南海子公园首次开园迎客。殊不知，在安全开园的背后，隐藏着南投公司“护园突击队”用汗水织就的疫情防控网。

## | 军医化身防疫专家 |

“要想确保安全开园，就必须让每一个岗位、每一名员工都清楚地知道怎么做好防疫，消毒、测温、劝导、应急等，都要培训到位，谁能讲？”

开园倒计时第 10 天的准备会上，南投公司领导发出了这样一条招募令。

“我来，这些我在行！”复转军医出身的徐海涛当仁不让。

作为“护园突击队”成员，他爽快地接过了军令。经过一天时间的备课，第二天一早，他就拿着全套消毒器具，开始了开园防疫的第一课。

“今天我们讲消毒液配比与消杀频率。”徐海涛提着一桶水，拿着一瓶84消毒液、一副手套、一根搅拌棒走上了讲台。

徐海涛向大家仔细介绍消毒水配比方式

“我们常用的84消毒液是含氯消毒剂，一般按照1 ∶ 100的比例进行配比。咱们的一桶水重30斤，也就是15000毫升，需要配150毫升84消毒液。”

徐海涛戴上手套，一边小心翼翼地倒入消毒液，一边用搅拌棒搅拌。

“84含氯，一定要戴好手套，千万不要接触到原液，也不要一次倒太多，倒一点搅拌一点。”

就这样，徐海涛用通俗易懂的讲解和演示，把重点部位的消毒频次、工作人员防护须知、测温操作指南、发热人员应急预案等课程依次传授给全体工作人员，凡是涉及园区防疫的重点内容，都在培训大纲之列，决不放过任何一个可能出现风险的细节。

徐海涛的胸有成竹，除了源自他军医的经历，更是源于他丰富的实战经验。

自大年三十起，原本打算带着媳妇女儿回丈母娘家的他，主动响应公司紧急号召，承担起公园隔离点每日消杀工作。

**“作为一名党员、一名军人、一名亦控人，我不上，谁上？”**

在徐海涛和突击队员的共同努力下，南海子公园全体保洁、保安、绿化养护人员分三批全部学习毕业，为疫情后重新开园奠定了扎实

南海子公园　　潘清泉 / 摄

的防疫基础。

## |“五大法宝”保开园|

有了扎实的防疫消杀知识，接下来要解决的最重要问题，就是想方设法妥善应对恢复开园后可能出现的客流高峰。

为此，南投公司“护园突击队”立刻着手进行专题研究。

他们先是翻出开园以来的全部历史资料，又多次调研走访园区出入口的每一名安保人员。

队员们历经一整天的“电话轰炸”，每个人都磨破了嘴皮，绞

尽了脑汁，最终就公园每个出入口、每一个时间段的人流量形成固定参数。

他山之石可以攻玉，经过他们的多方辗转，询问了朝阳公园、石景山公园等多家公园的开园防疫经验，最终归纳出了安全开园的“停车免费制”“出入测温制”“流量管控制”“定时消杀制”和“安全巡查制”这“五大法宝”。

疫情期间，公园周边停车场全部免费开放，可提供车位 3000 余个，以保证游客可以放心停车。

游客进入公园，首先要通过智能测温设备，体温正常方可入园，发现体温异常人员，立即转入临时观察点并引导至定点医疗机构就医。

每一位进园游客都由视频监控自动计数，当游客数量即将到达 3 万人时，启动采取限流措施，通过广播告知并开启备用通道疏散游客。

为了让病毒在公园无所遁形，出入口都铺设了消毒地垫，同时对入口护栏、园内座椅、廊亭、垃圾桶等重点部位每日消杀 3 次，卫生间每日消杀 4 次，开放性区域按需随时消杀。

为了让每一个法宝都能切实发挥作用，“护园突击队”队员们对全园开展 24 小时巡查，确保突发事件妥善处置。

“久违的南海子公园！第一次恢复开园，停车场和出入口居然都没有排队，管理得真到位，真是让人既舒心又安心！”

在“五大法宝”的护佑下，作为北京城南最大的“绿肺”，南海子公园自恢复开园以来，平日日均人流量 4500 人，节假日日均人流量 8000 人，节假日最高人流量达 32000 人，同时段停留最高人数达 22000 人，没有出现过任何疫情风险。

“护园突击队”作为坚守在南海子公园的亦庄控股人，始终坚持以人民为中心，以城市运行保障为己任，用公园的绿水青山舒缓疫情带来的压抑心情，为构建社会主义和谐社会、打造宜居宜业绿色新城做出了突出贡献。

# 青春正能量

2020年伊始的新冠肺炎疫情，打破了往日的宁静生活，给人类社会造成了物质和精神的双重影响。此时，人类社会呼唤着心灵的慰藉，而艺术恰恰就是这种可以抚平创伤，能够激励人们团结奋进的力量。此刻，亦庄控股的文艺青年们站了出来，掀起了一股助力亦控战疫的青春正能量。

## | 阴霾散去 |

打响文艺战疫第一枪的，是赵柏森和刘琬。

作为亦庄控股的知名文艺青年，他俩都是说唱爱好者。从多年以前加入亦庄控股青年创意工作室的那天起，就计划着合作一首说唱歌曲。

4月26日中午，他们碰巧在电梯中相遇，刘琬听着耳机中正在播放的说唱歌曲，忽然想起了从前的约定。于是，他们俩一拍即合，决定用说唱的方式鼓舞亦控战疫斗志。

从 4 月 26 日晚上回到家开始，赵柏森就一头扎进房间。

作为亦庄控股第一批防疫下沉干部，2 月 3 日，赵柏森成为了一名防疫志愿者，下沉锋创科技园开展防疫工作。

其间，他见证了许多企业在疫情中经营举步维艰，见证了疫情之下依然在努力奋斗的同胞，也见证了许多和他一样坚守在战疫一线的亦庄控股人。无论多么困难，人们始终未曾放弃希望，终于迎来了如今的阶段性胜利！

想到这里，他奋笔疾书，写下了这样的歌词：

**“真的要相信希望的力量，光明和未来就在你的前方！”**

而这首歌曲的名字，源于一张武汉城区喷洒消毒液的图片下的配文——阴霾散去。

历经一夜鏖战，《阴霾散去》的歌词在 4 月 27 日凌晨创作完成。接下来，任务交到了刘琬手里。

在他看来，没有什么工作是一夜加班解决不了的，如果有，那就两夜！

29 日一大早，谱子和歌曲小样同时出炉，王璐淳子作为赵柏森的搭档，加入其中。最终，三人在一位“票友”的录音棚完成了歌曲录制。

《阴霾散去》一经发布，立即吸引了许多人的共鸣。于是，他们纷纷加入了文艺战疫这支特殊的队伍当中。

扫一扫
收听《阴霾散去》音频

## | *Say You Say Me* |

“嘿，柏森！你们这首说唱很酷！我们来场音乐会如何？”

就在《阴霾散去》正式发布的朋友圈留言中，12名亦控青年一拍即合，联手推出了一场名为 *Say You Say Me* 的线上音乐会。

他们携手用爱向世界发声，鼓励人们为爱前行，为全球抗疫传递正能量。

这场音乐会上，他们

亦庄控股青年深夜录制歌曲

用歌声诉说衷肠，唱出了全国人民守卫家园、期盼胜利的渴望；他们用歌声鼓舞士气，唱出了中华民族不畏风雨、奋勇向前的英雄气概；他们用歌声唱响未来，唱出了全国人民夺取疫情防控和复工复产双胜利的最终结果。

这场音乐会一经推出，吸引了 6265 名观众在线观看。

“青年兴则国兴，青年强则国强！”

“青年有信仰，亦控有力量！”

就在演唱会的留言弹幕中，亦庄控股人纷纷发出了这样的感叹。此时，这场演唱会已经把他们的心紧紧地连在了一起，让他们更加笃定了携手战胜疫情寒冬、共同拥抱春暖花开的决心和勇气。

扫一扫
观看线上音乐会

Say You Say Me 线上音乐会节目片段

## |《大考》|

音乐唱响希望，光影引发共鸣。一部由亦庄控股青年自编、自导、自演的抗疫微电影《大考》，在五四青年节正式上线。

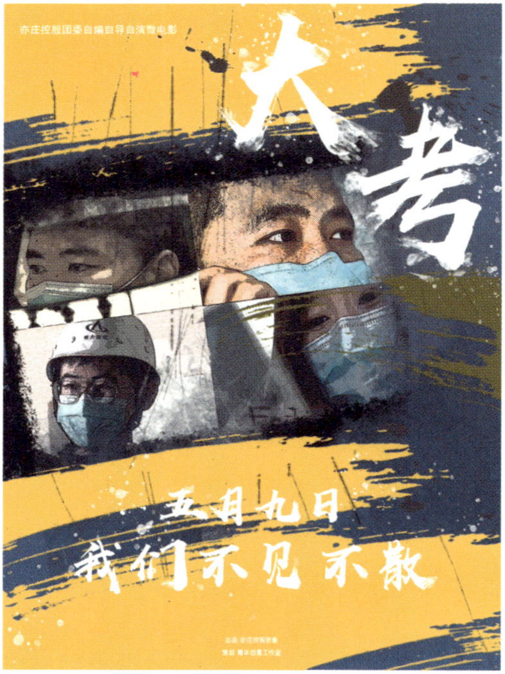


微电影《大考》海报

该片展现了亦控青年在疫情防控这场“大考”中勇于担当、甘于奉献的精神和情怀。

电影中一个个熟悉的身影，一幕幕感人的画面，勾起了亦庄控股人对这场战斗的回忆，同时也在向3400余名在疫情防控战场上努力过、奋斗过、拼搏过的亦控人致敬。电影中每一帧的感动，都来自摄制组不舍昼夜的创作。

封飚是集团的知名摄影师，但《大考》是他的导演“处女作”。由于电影中所有的故事都是真人真事，如何设计故事情节、加强故事冲突，从而更好地彰显主人公的精神力量，成了写剧本的关键。

为此，封飏和导演组绞尽脑汁，先后 20 余次前往现场采访收集素材。随着采访逐步深入，导演组发现了一个个奋战在战疫一线的亦控青年，他们舍小家、顾大家的鲜活故事，无不让导演组为之动容。

“他们为亦控战疫付出了太多太多，原来每一位亦控青年都这么伟大！”

最终，导演组从 20 余个事例中选择了最具代表性的 4 个故事，分 15 个场景完成了影片拍摄。

扫一扫
观看《大考》微电影

涓涓细流汇大海，点点星光亮银河。

在 2020 年劳动节前后，一首说唱歌曲、一场线上音乐会、一部抗疫微电影，激起了无数亦庄控股人的共鸣。青年们用他们的心血和创造力，汇聚成一股亦控战疫的青春正能量，让全体亦控人更加坚定了打赢疫情防控与复工复产双战的决心和信心。

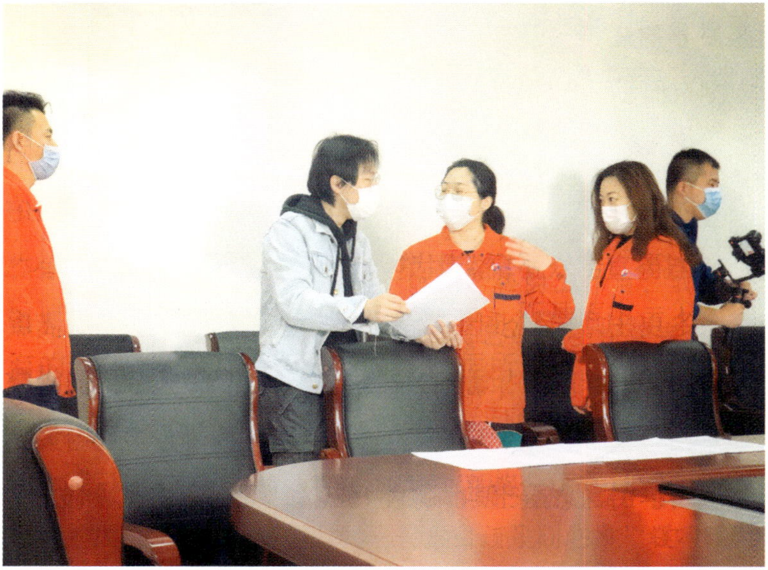

《大考》拍摄现场

# 我身边的防疫小友

## 防疫系列宣传漫画为亦控战疫添亮色

坚持防控不松懈，党小友温馨提示暖人心。

疫情期间，为普及疫情防控知识，亦庄控股党委宣传部推出“我身边的防疫小友”系列科普卡通漫画，帮助大家科学防控疫情！

“不传谣 不信谣”“多开窗通风”“少出门不聚会”……一个个温馨提示入眼更入心，创意又暖心，既提高了职工群众的防控意识，也增强了集团阻击疫情的信心，营造了浓厚的宣传氛围。

小朋友
您的快递放在存放点啦
快递存放
快递实现无接触拿取哦~
快递存放

不信谣！
不传谣！
理智对待疫情！

不回到家里
绝对不要摘下
口罩哟！

打喷嚏的正确姿势

小友提醒：
“每天坚持做到…”
洗手
备用公筷
保持通风30分钟以上

小友、小友~
过来一起吃呀
通话中
不去啦！
我自己吃便当~
现在不能聚会
哟~

疫情期间！
在家一定要
开窗通风哟

“向科学要答案”
要方法
实验室

能爬楼梯
就不乘电梯
健康又安全
坚持消毒
消灭毒源
疫情期间
没事不要出门哦
!!!
保持1米距离!
1m
增强体质
放松心情
广播体操
练起来!

张小燕 / 绘制

# 第五篇

# 再次出征

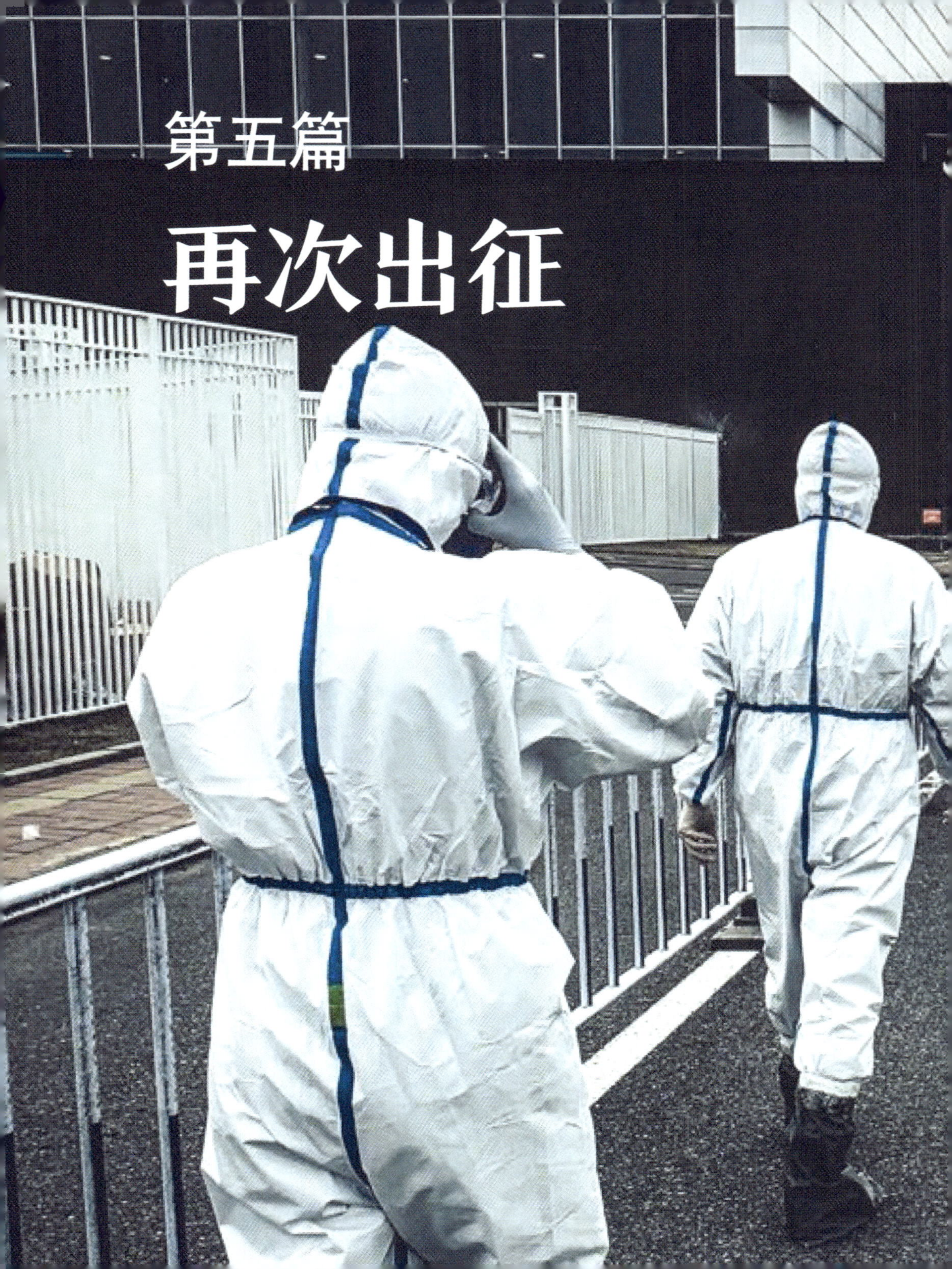

6月11日，连续56天没有病例的日子突然被打破，新发地市场成为关注焦点。在主要的传播方式和流行模式被切断之后，诡异的新冠病毒以我们尚不知晓的途径又一次出现在我们身边。

幽默的北京人纷纷转发黄渤在电影《疯狂的外星人》中的台词“怎么又来了，没完了还！”来表达自己的担心和烦躁。但是，因为大家对防控措施和心理应对早已驾轻就熟，随着疫情防控应急响应级别由突发公共卫生事件三级响应调整为二级响应，大面积的核酸检测开始筛查，病毒无所遁形。

亦庄控股“六稳”“六保”精准施策，推进疫情防控保障复工复产，智能防控、减免租金、金融支持……这次疫情的“反扑”并没有影响到经开区的正常工作和生活，“无确诊”“无疑似”的阶段性战疫成果，帮助越来越多的园区企业开始经营活动。

刘琬 / 摄

# 再次备战

2020 年 6 月 11 日新发地疫情的突发让已然走过春暖花开的北京一时间陷入了寂静，初夏蝉鸣的单调给这场无声的战争增添了一份急迫，北京防控等级重新提升至二级响应。

面对突来的变化，亦庄控股集团防控组迅速响应，及时调整各项防控措施标准，第一时间将复工复产组及社区防控组各项要求传达落实，241 幢楼宇的 329 名楼长全部进入战时状态，园区防控组全面参与经开区“应检尽检、愿检自检”集中核酸检测工作。

## | 战疫重启 |

随着北京市新冠肺炎疫情防控工作出现的新变化，博大坤元疫情防控领导小组迅速反应，第一时间恢复“战时状态”，要求“一办六组”不折不扣落实市区两级疫情防控要求，全力以赴做好“常态化”防控。

为应对疫情防控新情况，博大坤元结合了战疫初期的“摸排”经验，及时调整并进一步完善排查机制，实行全面排查追踪，积极响应“双报到”社区志愿召集，再次主动承担疫情防控任务，冲锋在前、勇当尖兵。

**“你摸排了一百个人、一万个人都没问题，但只要漏掉一个人，就有可能导致前面所有努力甚至防控工作前功尽弃。”**

北京新发地是人口最为密集的市集，社区便成为疫情防控的重点区域，为了做好大体量流动性人群真实的行程动态，这句话贯彻在博大坤元每一位成员的工作中。

博大坤元的陈民第一时间随重返疫情一线的大部队前往了社区报到。

“阻断传播渠道，保证居民安全”，这是防控人员的工作目标。

社区的防控措施重新恢复、行程轨迹严查等防疫手段，并不能得到所有群众的配合。

“可是又给你们权利了，没事闲的吧，我住这个小区的，管不着！”

一位司机不按规定进入小区被劝返时，对着社区的防控志愿者们说出这样的话。

类似的指责在所难免，但一个人的安全关乎着整栋楼甚至整个

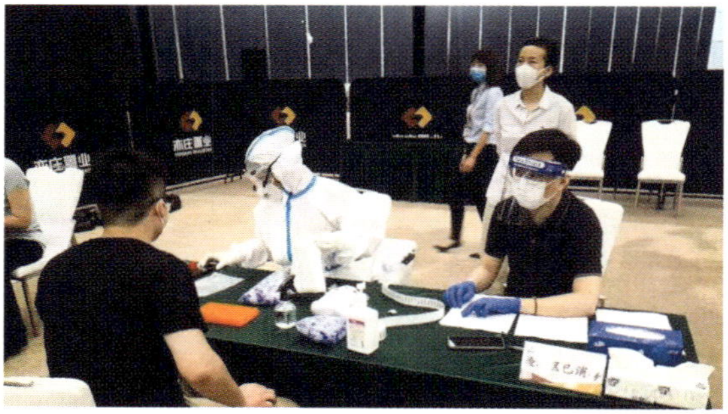

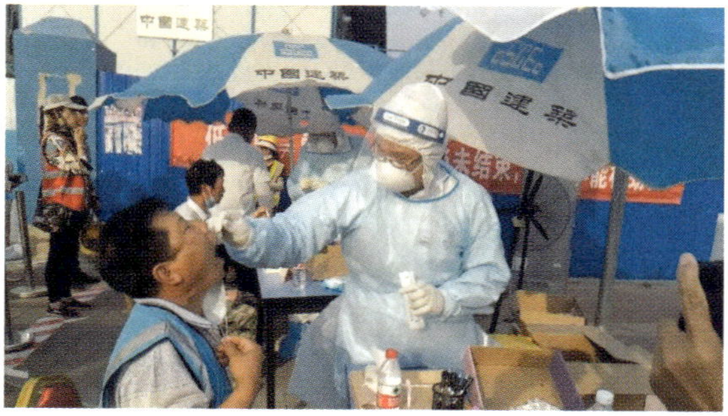


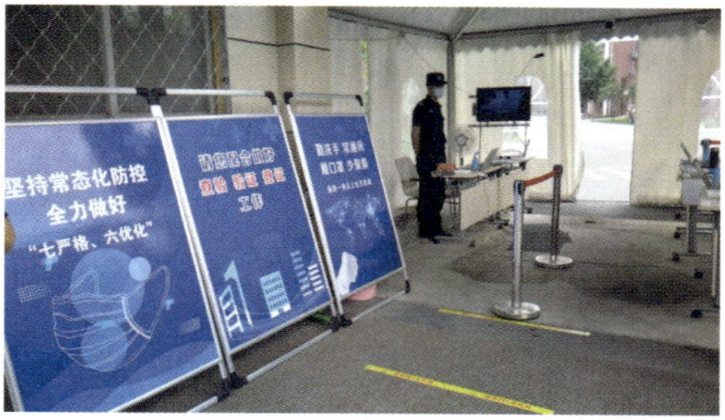


核酸检测现场

社区的安全。陈民耐心地解释和劝导，力争得到居民的理解和配合。经过他深入细致的工作，小区居民也理解了疫情防控的重要性，愿意主动配合社区的防疫工作，

疫情防控仍然处在“大考”中，“战时状态”还需保持，亦庄控股集团作为产业新城运营商，拥有园区、楼宇、工业厂房、酒店、公寓、公租房、幼儿园、商业、库房等业态的资产68个，经营企业近1500家，涉及人员约85300人。

对于防控形势及等级的变化，第一时间严格落实“三防”“四早”“九严格”，任何影响疫情防控的不利情况，都要做到“秒级反应、分钟处置”，以“跑在疫情前头”的精神坚决遏制疫情扩散蔓延。

## | 应检尽检 |

“请大家排好队，注意保持安全间距，戴好口罩，谢谢大家。”6 月 17 日经开区体育中心的大门口，负责核酸检测的现场组织及疏导工作的防疫组织小组的成员们，此时正站在经开区体育中心的各个入口，组织着高风险区、食堂等重点人群有序进入体育中心进行核酸检测。

早晨 7 点，集团资产管理部翟炳衡就已到达经开区体育中心，并且迅速行动起来，帮助核酸检测机构的工作人员布置现场、张贴“一米线”、设置检测通道。

“我到得早，一到这就看到这小伙子在忙着贴指示标识、摆隔离带，都没休息过。”前来检测的人员说道。

防疫组织小组的成员既要协助现场检测工作人员的相应工作，也要做好各公司的人员组织，新发地的疫情复发让每一个人都精神紧绷，检测现场的人潮涌动更是让大家紧张，防疫组织小组安抚着因为等待而逐渐浮躁不安的情绪，有序地指挥着人流排队进行检测。

随着检测人员越来越多，但检测点的遮阳棚有限，翟炳衡自愿把遮阳棚让给更多检测人员，把自己暴露在烈日之下，汗水随着东升的日头也越来越多，可他依旧穿梭在人群中，维护着现场秩序。

“您好，请问您的单位和姓名？请到这边排队。”

历经 15 天，糅和了园区防控组辛苦与汗水的组织工作最终顺利完成所有人员的核酸检测，对接经开区复工复产组、社区防控组、检疫检测组，共计派出工作人员 39 人次参与集中核酸检测工作，累计服务集团所辖园区及企业 10112 人，成功打赢了疫情复发后的第一仗。

在这场紧急突发的战斗中，没有抱怨，不知疲惫，有的只是互相支持与相互鼓励，在抗击疫情中的每一个日夜、每一位勇士，他们用乐观积极的心态、必胜的信心，同心协力地守望着全面胜利的早日到来。

高温酷暑，抵不过战疫的信心。面对疫情，团结合作、迎难而上是坚守一线的每一个亦控人的真实写照，他们坚守初心使命，默默奉献在自己的工作岗位上，每个优秀的抗疫工作者的辛劳付出可能在这场战疫中仅为萤火之光，但众志成城，必汇聚成灿烂星河，筑成首都疫情防控战中最牢固的长城。

# 做好“六稳”落实“六保”

在6月11日新发地的疫情“反扑”后，经历了4个月的疫情防控常态化，亦庄控股第一时间响应二级调整，全面摸排信息、组织核酸检测，用科学的应对手段和积极的战疫精神，使得亦庄控股在这场抗疫大考中扛起了国企的担当。

在国家经济大局“六稳”“六保”的形势背景下，亦庄控股以“保”促“稳”、以“稳”求“强”，全面落实保居民就业、保基本民生、保市场主体、保粮食能源安全、保产业链供应链稳定、保基层运转任务，扎实实现稳就业、稳金融、稳外贸、稳外资、稳投资、稳预期工作，贯彻党的十八大以来区间调控思维，努力克服新冠肺炎疫情带来的不利影响，正面迎击新的挑战。

## | 稳就业 |

“您好，我是生物医药投资管理的徐晓娇，我们的实验动物从

徐晓娇协助报名者参加培训

业人员上岗培训即将开班。”

深夜，徐晓娇细心地解答着来电关于网上报名及培训的每个问题。连续两周的“夜电”工作影响了她的生活，让这个拥有着一双漂亮眼睛的女孩眼下浮现了明显的黑眼圈，但她依旧秉持着对工作的尽职和对客户的耐心。

制药企业里从事实验动物工作的人员必须持有上岗证方可上岗，因为疫情的原因，距离 2019 年最后一次进行的上岗证培训举办已时隔 7 个多月，再次开班成为众多医药企业迫不及待的呼声。

面对新发地疫情的复发，生物医药园时刻关注防控工作动态，同时为保障园区企业正常运转、专业人员正常上岗，园区公共技术服务平台的“实验动物从业人员上岗培训”正式开班，成为北京市首个举办“实验动物从业人员上岗培训”平台，实力验证“绿色通道”畅通有效，确保制药企业从业人员的正常上岗及进一步减少人员聚集，全力支持生物医药企业复工复产，为园区企业创新发展保驾护航。

培训现场

科学是战胜疫情的关键法宝，亦庄控股旗下北京长城研修学院和北京开放大学签署战略合作框架协议，颁布疫情期间经开区企业员工学历提升减免学费实施办法，大力支持校企合作培养技能人才。

“技能提升了，本领增强了，走遍‘天下’都不怕！”数字工场园区的一名企业员工高兴地说。

截至 6 月初，北京长城研究学院已在经开区建立了 60 余个教育服务站，接受了 185 家企业共计 2000 余人次的咨询，目前已有 103 名学员报名提升学历和技能，累计减免学费 40 余万元。

## | 保民生 |

北京无小事，事事连政治，尤其是在这疫情“反扑”之际，又适逢

开拓热力工作人员现场排查

端午佳节，件件关乎民生，疫情防控的压力让所有人都紧绷着神经。

“紧急通知，华润协鑫至中芯国际路段的直埋高温热水管道有泄漏。” 开拓热力应急抢险队立即赶到现场进行排查，有着多年热力工作经验的工段长郝亚洲迅速判断出，漏点可能位于约 30 米宽的机动车道中间位置，但是泄漏的热气却在用户红线内发现，这说明泄漏的热水已将地下冲出了空洞，严重的话甚至会造成路面坍塌，这无疑会造成严重影响。

开拓热力立即启动应急预案，经过连夜细心排查，凌晨 4 时锁定了泄漏位置。

地下管线历来是城市的“血脉”，水、电、气、热等多种地下管线交织，错综复杂的地下管网给断路开槽施工增加了未知的难度

亦庄水务工作人员进行日常检查

和危险系数，但是开拓热力应急抢险队犹如那恪尽职守的“守望者”，经过 24 小时不间断作业，终于在 11 天后的凌晨 5 时抢修完毕，恢复了道路交通。

疫情就是命令，防控就是责任，负责经开区水务管理的亦庄水务同样安全生产和疫情防控两手抓，为了保障水厂稳定运行，启动了南区、东区两座污水厂事故响应“零拖延”机制，保障了经开区水务正常运转。

而离我们生活最近的则是那些在社区中工作的物业人员。

“我们今天需要两块豆腐。”

“家里没有燃气了，能代劳帮我充点燃气费吗？”

一大早，亦庄置业一品亦庄物业的“跑腿儿”小分队便开始了忙碌的工作。

“在社区封闭式管理后，我们专门为居民提供‘跑腿服务’，只要居民有需要，24 小时三班倒的小分队随叫随到。”一品亦庄项目经理卫玉超介绍道。

“虽然每天都要走 2 万多步，任务多的时候经常顾不上喝水，但我们依然乐在其中，一想到能用实实在在的行动帮助居家人员，就觉得特别有意义、有价值！”

此外，一品亦庄项目部还引进了“每日净菜进社区服务”，极大地方便了居民生活。

**病毒无情、人间有爱。在这场没有硝烟的战争中，总有人挺身而出，也总有力量温暖着我们，**他们或冲锋在前，或坚守一线，或捐助物资，他们用自己的方式，默默为这场战疫贡献着力量，每个人都奉献着尽己所能的光与热，汇聚成亦控人团结的光芒，是亦庄控股科学防治的统筹推进，保障了区域持续稳定健康发展，坚定了我们一路抗击疫情前进的脚步。

机关干部下沉社区参加防疫工作 

# 重返一线

“体温正常，麻烦您登记一下个人信息。”

每天早晚高峰时段，负责值守的支部党员要把同一句话，重复上几十甚至上百遍。而党员们日复一日的重复本可以在 6 月画上句号，就在长达 122 天的下沉工作即将圆满落幕之际，下沉至一线的各位战士们正分批次、陆陆续续返回了各自的工作岗位时，6 月 10 日晚，集团的一道紧急通知重新将战斗拉开了帷幕。

6 月 11 日，本是一个期待着周末即将到来的普通的星期四，却因为北京新发地突发疫情的卷土重来为这场战争蒙上了沉重的硝烟。

新冠病毒像是无声的炮火与我们咫尺相近，随着冬春寒冷褪去而展露的初夏明媚又一次被遮挡在凝重的口罩下。

“感谢博大经开建设有限公司下沉干部，尽锐出战、敢于担当、勇于奉献，下沉社区疫情防控工作中。”

6 月 15 日，博大建设接到了一封来自天华园二里社区党支部的感谢信，信中对博大建设员工梁宏伟、宋雪东在社区防疫任务繁重、人手紧缺的关键时刻，下沉到社区共同抗疫表示感谢。

在接到亦庄控股关于二级响应重新下沉一线的工作通知后，早在前期已和天华园二里社区党支部建立良好关系的博大建设党支部主动与他们进行沟通对接。

有了之前的工作经验，很快党支部重新组建了党员突击队，有序安排党员进入社区服务抗疫一线，和社区工作人员并肩开展社区疫情联防联控工作。

小区出入口再次出现了党员们站岗的身影，检查进出人员出入证、测量体温，严格排查人员“健康宝”轨迹，党员突击队成员积极参与“周末替岗”，主动放弃周末休息时间，先后11次深入社区奋战在疫情防控第一线，将居家隔离观察居民网购的生活物资、快递等物品一一送到家门口，切实解决居民生活的后顾之忧，让他们在家安心放心地进行隔离。党员突击队与小区共同筑牢疫情防控网，为居民生命健康保驾护航。

**在每一个一线岗位上，你都能看到他们的身影**。

194名下沉干部、150余名党员，是这些编外“一线工作者”与社区、志愿者的力量汇集在了一起，他们参与了“双报到”和“周末替岗”行动，投身至“敲门行动中”，排查了1486家企业共计

50097 人。

是他们主动扛起了社区和园区的防控重任，没有隔离衣，只有普通的口罩和手套，他们放弃休息时间一遍一遍地告诉园区职工、社区居民防疫事项，他们指引着来往的人流，耐心的引导在口罩的遮盖下依旧响亮清晰。仔细看，那微微弯起的明亮眼睛好似抗疫战火中的点点星光，足以汇成璀璨的星河。

受到新冠肺炎疫情的巨大影响，全国范围内生产生活的步伐多少都有了几分绊脚，但是在各行各业的帮衬及配合下、在有效防疫措施及细致的管理下，在北京经济技术开发区，企业、居民的生产生活都在井然有序地推动着，每一位在战疫一线的工作者都以自己的方式与疫情之间建筑严密的“防火墙”。

而在这堵墙的背后，在那些我们所能目睹的战疫之后，是那些镜头外的逆行者将所有的新闻报道推送到我们的眼前。

“第 3 号小组，明天一早去博大酒店采访。”

逐步复工的京城大地在 6 月 11 日再次拉响了疫情的警报，亦庄国际传媒的白双全作为一名拍摄工作者，被安排了采访经开区隔离点——博大酒店中隔离人员的工作。

“请放心，保证安全完成任务！”

这无疑是与病毒的一次近距离接触，如今在博大酒店中隔离的

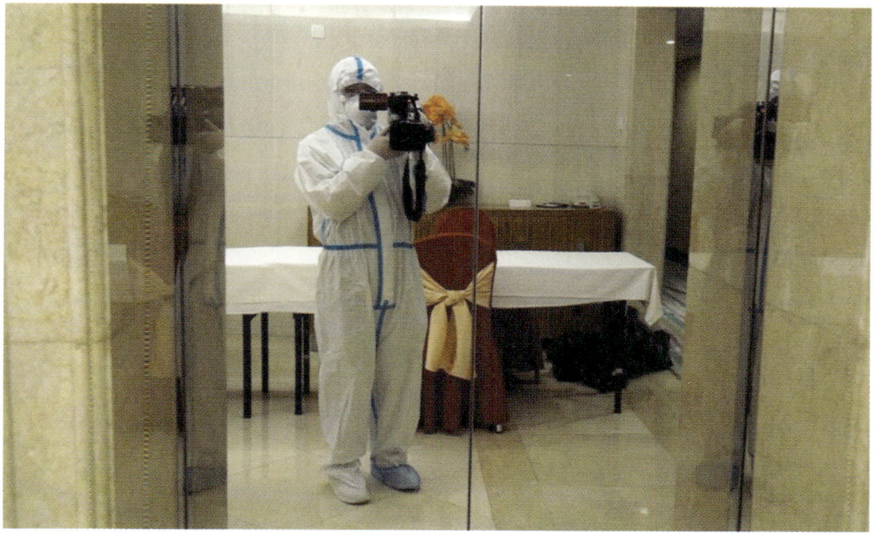

白双全记录下自己工作中的身影

都是曾经去过新发地或接触过相关人员的密接者，疫情重发的紧张气氛笼罩在整个酒店，白双全和同事们按要求穿上了防护装备。

此时他与危险只有“一罩”之隔，但他们手中的工作没有停顿、口中没有抱怨，即使在密不透风的防护服中喘着粗气，白双全扛着机器的手也不曾摇晃，依旧专注地记录着每一位隔离者的心情百态。

而这些不过是疫情防控中一段平凡的小插曲，**这个世界上没有天生的英雄，只有挺身而出、不畏险阻的凡人，**这是抗疫斗争中无数工作者最真实的写照，他们汇聚了众志成城的辉煌，更吹响了胜利的号角。

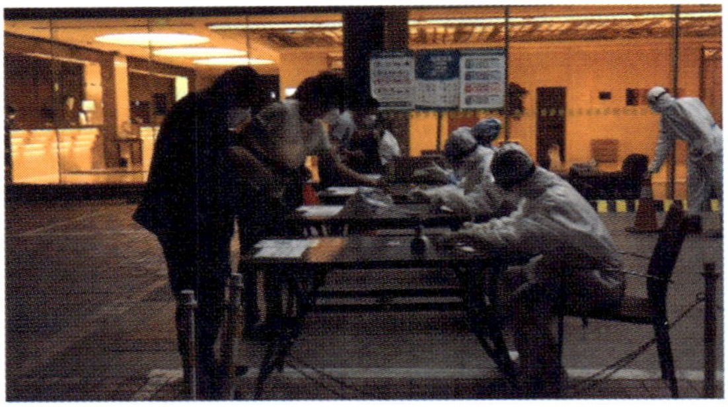

博大永康酒店的防疫工作现场

疫情的二次暴发，让那些坚毅的逆行者们再次奔上了一线，门岗守卫、检疫防控人员、记者摄影还有太多太多毅然的面孔出现在这次抗疫大战中，他们穿梭在风险地带。

他们争分夺秒、兢兢业业，危险在他们眼里不值一提，他们为抗击疫情提供了坚强有力的支持，即便疫情来势汹汹，仍无法阻止这些逆行者奋然向前留下的足迹。

有人说，死亡不是生命的终点，遗忘才是。

在这首护佑生命的赞歌中，不论生死，不论别离，每一个人都是值得歌颂的勇者，每一个为疫情默默奉献的战士都应该被人铭记。他们用自己的行动诠释了什么叫作“**英雄是民族最闪亮的坐标**”，也用自己的品格将和他们一样的凡人英雄镌刻在时光的丰碑上。

# 企业护航

防疫阻击战在 2020 年 6 月 11 日重新打响，突发的新发地疫情牵动的不只是老百姓的心，还有大大小小企业的心。

经济是肌体，金融是血脉。金融活则经济活，金融稳则经济稳。

受疫情影响，多数中小微企业已在春节疫情期间不同程度上受到了无情的冲击，疫情的二次暴发，缓企稳岗、与平台企业并肩战疫，也成了亦庄控股集团的主要方针之一。

中小微企业是稳定就业的重要力量，关系到千家万户的切身利益。疫情暴发以来，为促进中小微企业持续健康发展，聚焦“个别实际使用房产的中小微企业减免困难”等客观问题难点，亦庄控股经济发展组牵头及时梳理疫情期间减免企业房租和优化融资担保服务的落实措施，完成了 32 个园区、600 余家中小微企业减免材料提交，涉及减免金额共计一亿零八百万元。

亦庄控股积极响应北京市委市政府，经开区工委、管委会号召，在为企业降低经营成本的同时，发挥企业服务平台作用，加大金融、法律服务力度，多措并举，助企业度过“寒冬”。

## | 安心工作 |

“多亏了园区的工作人员跑前跑后帮助对接金融机构、开辟绿色通道，解了我们贷款的‘燃眉之急’！”一位平台企业负责人感激之情溢于言表。

“我们主动和园区金融机构对接，解决平台企业资金流动性问题。协调督促园区银行，确保不抽贷、不断贷、不压贷。对到期还款困难的平台企业，我们也会及时和银行沟通，按照相关规定予以展期、续贷，下调利息等支持。”亦庄置业亦城财富中心项目经理张国红介绍道，“只有我们真正当好平台企业的‘好管家’，才能更好地服务园区企业！**危难时刻，谁都不能掉队！**”

位于亦城财富中心的北京唯得科技有限公司在提交申请资料几天后，就收到了一笔房租减免资金。“我们会将这笔钱用在‘刀刃上’，加快产品研发的进度，为经开区贡献力量。”

不仅如此，在招商方面，亦庄置业更是顶住压力，稳中求进，本着“您提出需求，我对接房源”的态度。在疫情期间，经营管理部开拓线上招商途径，加大宣传力度，在维护日常招商渠道基础上，加强与招商主管部门以及重点投资行业领域的沟通、合作，并且多次考察企业实际情况，协商出具解决方案、进场时间。

在疫情的严重冲击下，亦城财富中心依旧取得了不俗的招商成绩。截至6月底共计新签客户35家，新签面积24000多平方米。

同样，为有效应对疫情对企业带来的不利影响，亦庄盛元主动承担国有企业的社会责任，采取了因时制宜、因“园”制宜的原则，在全力做好疫情防控的同时，协调解决企业生产需求，为企业创造有利的复工复产条件。

“特别感谢亦庄盛元对我们企业一如既往地支持和帮助！”海斯坦普企业负责人激动地说，并且为亦庄盛元送上了一面绣有“风雨同舟、共克时艰”的锦旗，感谢在疫情期间给予他们的倾心服务和大力支持。

## | 放心回家 |

作为经开区的企业重点配套公寓，亦庄控股旗下的永康公寓更是扎紧扎密了防控“防火墙”，为入住企业员工提供安稳安心的住房保障。

“在疫情应急响应级别调至二级后，整个园区进行了封闭式管理，除入住园区的企业员工，其余人一律不得入内。”

亦庄置业永康公寓项目经理赵劲松一边核查信息一边说道："永康公寓入驻企业84家，在住人员约5700人，人员流动性较大，防控措施如果落实不到位，后果将不堪设想。"

针对永康公寓的实际情况，项目实施24小时不间断值守、登记、测温等措施，主动联系入驻企业，摸排涉及高风险区域人员，实时登记上报。

"外出一定要戴口罩、少聚集，要做到不信谣、不传谣。"永康公寓的一位"楼长"在微信群中提醒大家，"楼长"既是园区住户的"好管家"，更是疫情防控的"守门人"。

在关键时期，每个人都有履行社会责任的义务，亦庄控股用实际行动践行国企的使命担当，为园区企业注入源源不断的前行力量，用务实之举时刻吹响疫情防控的冲锋号角，与各行各业心手相连，这场初夏返潮的"寒流"终将被我们共同战胜！

# 27次

集团累计召开**27次**疫情防控指挥部会议，
全面部署防疫工作

亦庄控股
YIZHUANG HOLDINGS

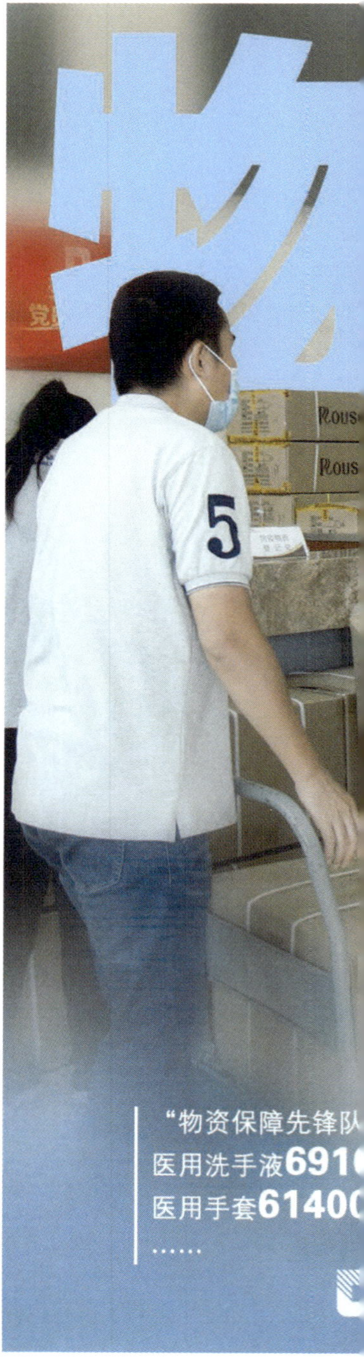

"物资保障先锋队
医用洗手液**691**
医用手套**61400**
……

扫一扫

收听这首诗朗诵

## 亦控战疫

当我推开家门，武汉疫情全国扩散；
当我整理行囊，集结号响故乡召唤；
当我战友有难，八方支援众志成城；
当我踏上征程，武汉武汉你不孤单。

当你收看春晚，我们，志愿站岗投身防疫；
当你在家过年，我们，疫情排查每个角落；
当你微笑入睡，我们，用心汇集数据星河；
当你忐忑不安，我们，请你放心我在身边。

30个
| 完成集团所辖30个项目工地的消毒杀菌工作
亦庄控股
YIZHUANG HOLDINGS

| 支援防疫工作下沉干

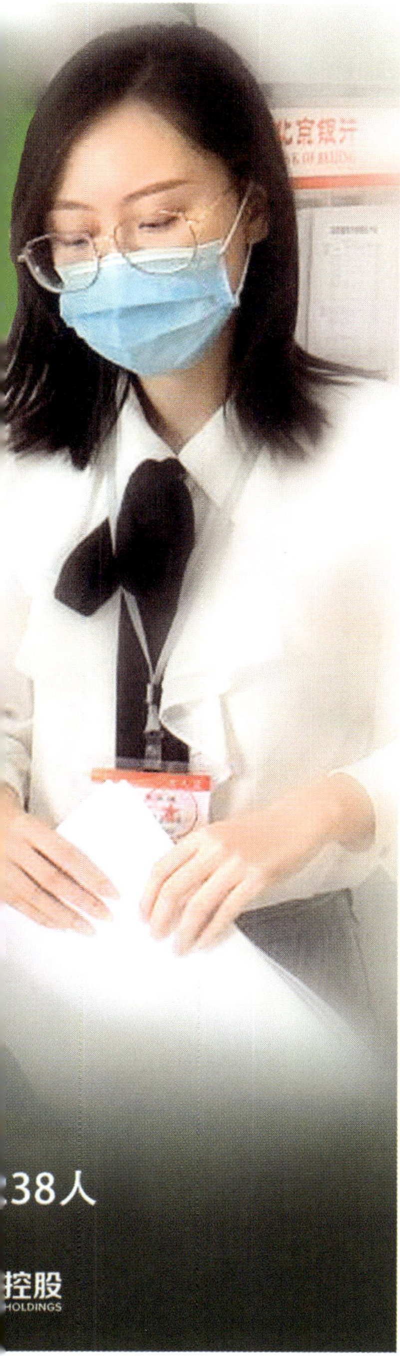


在这没有硝烟的战场上，
有的人，无畏请战、冲在最前，
有的人，坚守岗位、细致入微。
我们都一样，
都是最美逆行者，是先锋，是榜样。

在这没有硝烟的前线上，
亦控人，舍小家、为大家，
毫不退缩、甘于奉献；
亦控人，召则来、来则战，
国企力量、彰显担当。

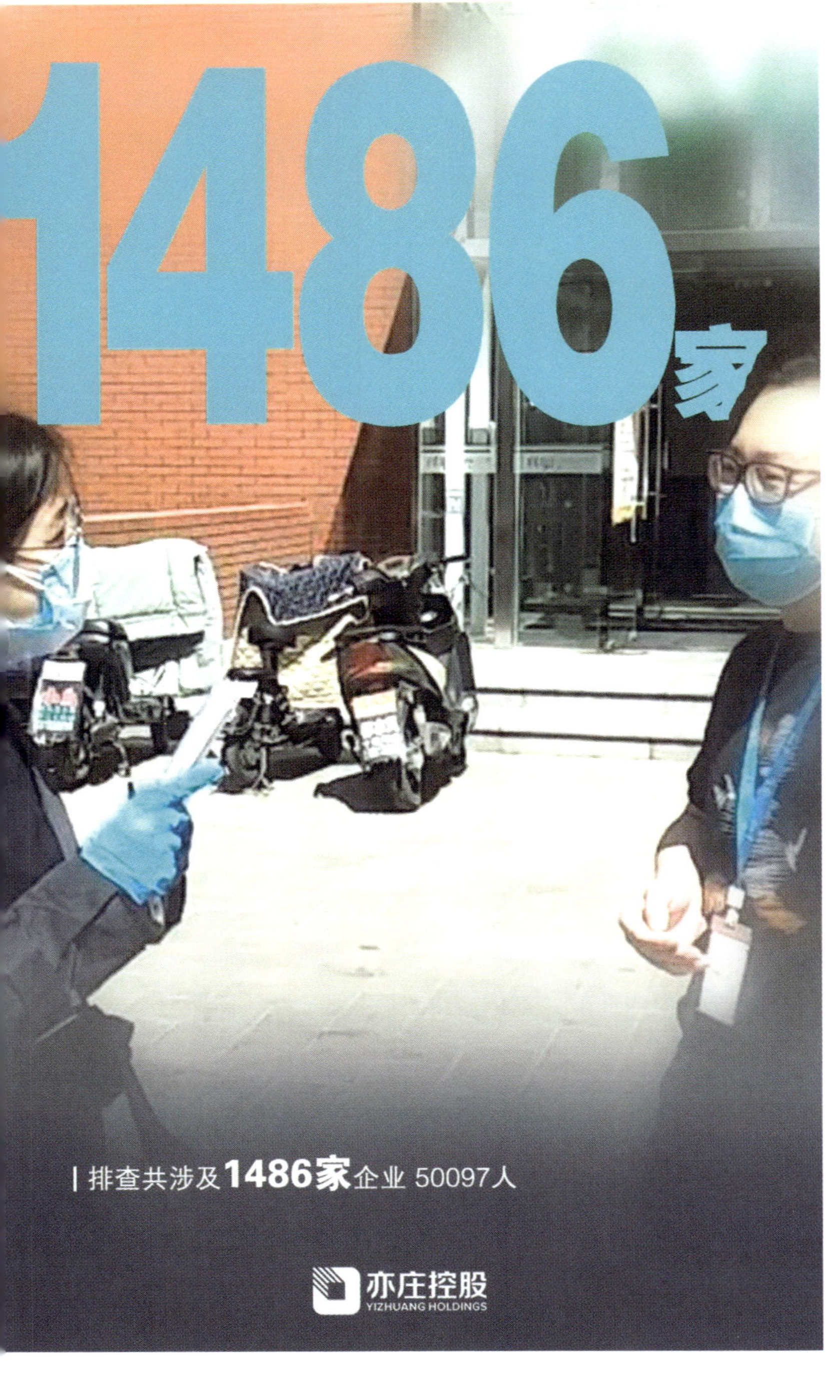
1486家
排查共涉及1486家企业 50097人
亦庄控股
YIZHUANG HOLDINGS

排
排查工业厂房9
排查商务楼宇7
排查人才公寓4

做好本职，
让园区安然、百姓安心、企业安产，
是我们每个共产党员牢记的使命。

我们吹响战斗的号角，
与疫情赛跑，争分夺秒，满怀信心；
我们敲响希望的钟声，
与疫情对抗，全面消杀，终将胜利；
我们同舟共济，
用五湖四海的语言表达爱的力量；
我们无所畏惧，
用坚韧不拔的意志撰写中国精神。

17个
对所辖园区17个食堂全部进行了深度消毒
亦庄控股
YIZHUANG HOLDINGS

41
2天累计完成总部和
检测结果全部为阴

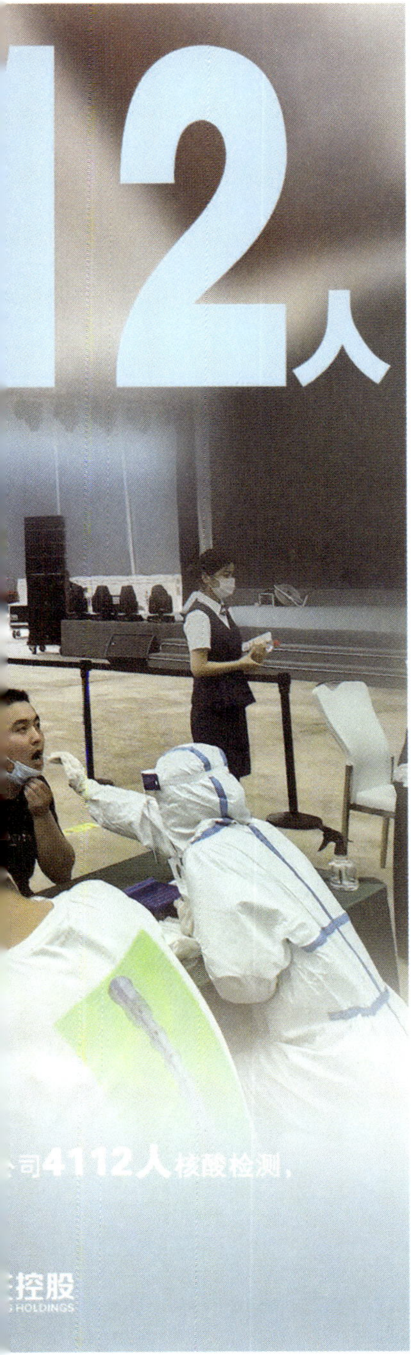


严峻的日子，英雄的壮举，
难忘的战斗铭刻下难忘的记忆，
阴霾散去便是旭日晴空，
风雨过后将是长虹万里，
中国始终屹立在世界的东方，
我爱你，中国！

2020年 亦庄控股

# 同心战疫 共克时艰

# 2020

北京头条

### 7×24小时！亦庄控股“通关人”在战“疫”物资通道上严阵以待

北京头条客户端 2020-02-03 20:00

2月3日，北京青年报记者从亦庄控股获悉，集团旗下的博大世通公司正在用实际行动为这场战“疫”储备物资，开通7×24通关服务，加快防疫物资准时到位。

1月29日，博大世通公司在接到经开区商务金融局提出的储备防疫物资需求后，迅速将信息传达给通关服务中心，并联系海关相关人员优化入出区环节和流程，工作人员们各司其职在半小时内便完成了全部准备工作，并成立联合工作小组，时刻等待物资的到来。

在第一批防疫物资抵达园区时，严阵以待的工作

### 复工复产之后 商务楼宇“保卫战”怎么打？

新华财经

“我们演练了很多次，第一天返工的企业怎么办？遇到测温温度高的人员怎么办？遇到不理解的访客怎么办？”迎接企业复工前，“演练”成了位于北京亦庄的亦城财富中心工作人员最重要的事。

亦庄控股公司旗下的亦庄置业公司是这座楼宇的服务管理方。他们在实践中总结出“亦城八法”，为楼宇企业复工筑起安全防线，也为其他商务楼宇疫情防控提供了可资借鉴的经验。

商务楼宇正成为北京市打赢疫情防控阻击战的重要阵地。针对服务业占比高、商务楼宇和写字楼密集的特点，北京市把商务楼宇疫情防控作为重点之一，要求集中抓好抓实。

2月25日，北京市委书记蔡奇到西城区、朝阳区调研检查楼宇疫情防控工作。他强调，商务楼宇人员密集度高，是疫情防控

北京工人客户端

### 减轻中小微企业负担 亦庄控股出台控疫情稳增长8条

面对疫情，作为首都全国科技创新中心“三城一区”建设的重要平台公司，北京亦庄投资控股有限公司发布《关于支持中小微企业控疫情稳增长的若干措施》，8条稳增长措施将帮助企业“轻装上阵”，提供更多“雪中送炭”的服务，真正让平台企业的市场活力不减、改革动能不减、科技攻关勇气不减、推动发展锐气不减。

以下是《若干措施》原文：

**北京亦庄投资控股有限公司关于支持中小微企业控疫情稳增长的若干措施**

为深入贯彻落实北京市委、市政府和北京经济技术开发区（以下简称“开发区”）工委、管委会关于新型冠状病毒肺炎疫情防控工作部署，根据《北京市人民政府办公厅关于应对新型冠状病毒感染的肺炎疫情影响促进中小微企业持续健康发展的若干措施》、《北京经济技术开发区关于支持企业控疫情稳增长若干措施》等文件精神，北京亦庄投资控股有限公司（简称“亦庄控股”）发挥平台企业功能，帮助中小微企业共渡难关和稳定发展，制定以下工作措施。

# 媒体手册

久久为功 党旗指引

## 在亦庄人才公寓、产业园区，大伙儿有事就找楼长

北京日报客户端 | 记者 陈强 通讯员 刘丽丽
2020-02-11 12:02

亦庄永康公寓、青年公寓为京东方、中芯国际等两百余家开发区企业提供人才住宿保障，随着返程高峰的来临，这两处公寓将因外来人员密度高、人员流动性大，成为疫情防控的重点地区。

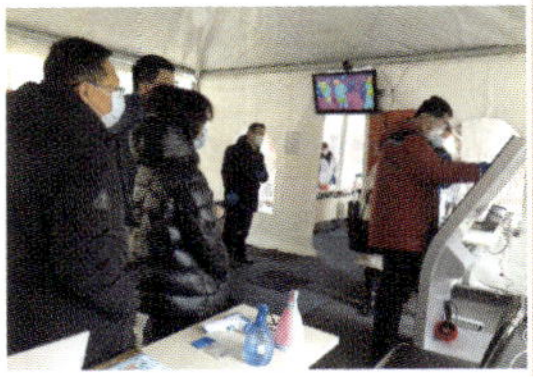

记者2月11日从亦庄控股集团了解到，疫情发生后，青年公寓和永康公寓按照经开区工委、管委会和亦庄控股决策部署，以每栋楼或每个入驻企业为一个班组，任命一位楼长，负责该栋楼或该企业的信息采集、消杀监督、宣传引

新华网客户端 引领品质阅读

## 亦庄控股精细防疫“五步法”

中国财富网 75.7万 · 2020-02-06

新型冠状病毒感染的肺炎疫情阻击战正到了一个紧要关头。大批来京工作人员正在为了首都经济发展赶往自己的工作岗位，对于产业园区、商务楼宇、人才公寓等公共场所的防控以及对大规模返京人员的健康管理等，成为对北京经济技术开发区的新考验。

在疫情防控的紧要关头，作为拥有园区、楼宇、公寓等在内二十多个平台的产业新城运营商，深知细心、贴心是加强平台管理的重要依靠，更是打好这场防疫阻击战的“硬核”力量。此次在疫情大考面前，亦庄控股主动作为、迎难而上，多措并举、积极创新，以日常管理工作中沉淀下来的“绣花功”，为各平台织起了一张横到边、纵到底、全覆盖、无遗漏的疫情防控网，为科学有效防控疫情和平台企业井然有序复工提供坚实保障。越是艰难越见功夫，越是精细越有效率，亦庄控股旗下永康公寓、青年公寓防疫“五步法”可见一斑。

**第一步：精心准备迎回家**

永康公寓、青年公寓是开发区内企业员工的集中住宿场所，为区内京东方、中芯国际、

人民网 people.cn 人民网 >> 北京频道 >> 北京专题大全 >> 亦庄控股

## 请您休息 我来站岗!北京亦庄控股150名党员加入"周末替岗"行动

2020年03月03日15:15 来源：人民网-北京频道

为确保社区一线工作人员以更加充沛的精力投入到防控工作，北京亦庄控股集团发起“周末替岗”活动，集团广大党员和干部职工积极响应。

博大建设、博大坤元、开拓热力、开发建设、亦庄水务等14个党组织及时吹响冲锋号，积极发动在职党员利用周末时间主动报到替岗，结合岗位需求，制定了近两个周末的工作值班表。

**2020年 亦庄控股**

## 同心战疫 共克时艰

# 2020

北京日報

BEIJING DAILY

2020年3月15日 星期日

农历庚子年二月廿二 今日四版

习近平就韩国伊朗意大利发生新冠肺炎疫情分别向文在寅、鲁哈尼、马塔雷拉致慰问电

**疫情没有国界 世界各国是休戚与共的命运共同体**

[2版]

习近平就新冠肺炎疫情向欧洲理事会主席米歇尔和欧盟委员会主席冯德莱恩致慰问电

[2版]

他们面容稚嫩却无畏"逆行"，他们长在"蜜罐"但敢挑重担。在这场突如其来的疫情阻击战中，我们看到90后、00后长大了——

**最美青春勇担当**

本报记者集体采写

主动请缨

大家小家

出人出力出主意 共同构筑钢铁防线

**285名市级机关干部下沉副中心"战疫**

本报讯（记者 王海燕）

『老虎

# 媒体手册

党有号召 我必全力以赴

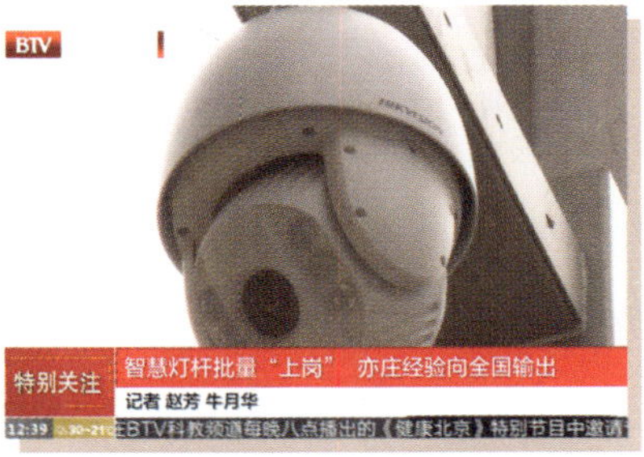

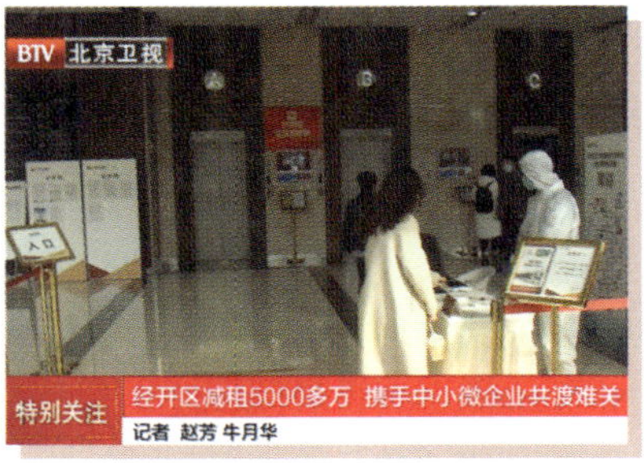

2020年 亦庄控股

## 同心战疫 共克时艰

# 2020

■公寓白领点赞精细防控——

挡了疫情 传了真情

习惯使用电子邮件的年轻白领早就不习惯书信往来了
不过，亦庄控股青年公寓10号楼的楼长孔强近日收到了这
一封感谢信：“我们返京抵达公寓时，是楼长在寒风中迎
医学观察期内，是楼长忙前忙后；复工后，也总能收到楼
的防疫提示……我们无时无刻不被感动着，楼长筑起了安
的防护墙。”

写这封感谢信的人叫徐秀平，来自亦庄开发区企业
公司。3月5日晚上9点半，还处在14天医学观察期的她突
始低烧，“感觉身上乏力，嗓子也有点疼，体温快38℃了
忙给集中观察点楼长孔强打了电话。正在协调防疫物资的
强马上放下手头工作，三步并作两步，还叫上赵楠、都
两位同事一起送徐秀平到就近的同仁医院发热门诊就医。

# 媒体手册

更多资讯请扫一扫

# 后记

尤瓦尔·赫拉利在《未来简史》中记载了一段关于“天花”的故事：1520 年，一个名叫弗朗西斯科的奴隶无意间将“天花”这个生物炸弹带到了墨西哥，仅仅 10 天，病毒就让他所居住的小镇变成了一片墓地。惊慌失措的人们四处奔逃，迅速将病毒传遍墨西哥……8 个月后，800 多万人的生命在这个国家消失！

除了天花，还有黑死病、霍乱……回溯人类历史上因为瘟疫所带来的重大灾难，我们可以发现：瘟疫之所以杀伤力巨大，除了无可救药的个体本身，人群无端的惶恐流窜才是推波助澜的致命因素——面对疯狂的疫情，防控！其意义也许比我们想象的更为重大。

“红雨随心翻作浪，青山着意化为桥”，面对新冠疫情在全球范围的猖狂肆虐，党领导人民凝心聚力、众志成城铸就了人类防疫史上的“东方奇迹”。作为创造这个“奇迹”的萤火之光，亦庄控股从上而下严阵以待的高压督导无缝防控，为“三城一区”、为首都北京、为全国的疫情防控攻坚战倾尽全力。这是一个国有企业的自我赋能，也是一个国际一流产业新城运营商对于区域使命的铁血担当。

《萤火汇星辰——北京亦庄投资控股有限公司战疫纪实》的编写过程是一次勠力同心共克时艰之后的回头望，汗迹未干，热血依旧，正气浩然。在一个个鲜活生动的防疫故事中，我们能够真切地感受到“亦庄控股人”这个集体所蕴含的巨大源动力。这是一场赴汤蹈火的集体出战，更是无数次义无反顾、以命相搏的个体出战！每一次出战都是“号令”之下的无畏前行，每一次出战都是对责任、奉献的热血诠释！

在新冠疫情进入常态化阶段，再回头细细品读这段疫情防控过程中涌现出来的人和事，不禁会让人肃然起敬。而所有参与其中的防疫者：系统作战全面保障的“一办六组”、冲锋在前下沉社区的党员干部、不舍昼夜全力防控的一线职工……他们身上所折射的光芒正是这个集体长久以来所蕴涵的正向、温暖、奋斗的精神内核。

“生命至上、举国同心、舍生忘死、尊重科学、命运与共。”这本书启动编纂之际，恰逢习近平总书记概括形成伟大抗疫精神之时。历时三月，定稿付梓，萤火汇星辰，映照着总书记的二十字抗疫精神箴言，如火闪亮。

落墨成卷，对于编写者而言，无异于一次精神洗礼。

我们惊叹于这个集体的担当与力量，我们感动于故事中每一个主人公的无私与奉献，我们遗憾由于篇幅所限无法呈现更多的感人事迹！更多的还有感谢，感谢集团各部门各单位的大力支持；感谢中国工人出版社刘药老师三个月来不辞辛劳的倾心付出！感谢每一个参与者的热情投入！

阴霾散去，清风阅章，新的一年即将来临，阳光正好。

**本书编写组**

**2020 年 10 月**